春霞瑞獣伝《しゅんかずいじゅうでん》

後宮にもふもふは必要ですか？

九江　桜

21390

角川ビーンズ文庫

目次

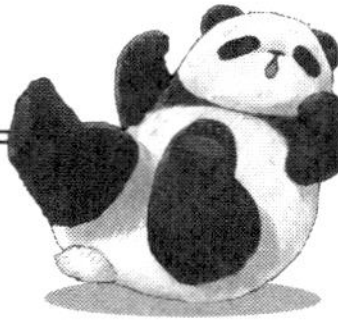

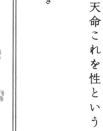

高《こう》朗《ろう》清《せい》
新皇帝。元武人であり、先帝により荒れた国政を立て直そうとしている。
葉《よう》彩《さい》華《か》
春霞宮に住まう公主。皇帝に献上された珍獣の世話をしている。
輪掛《わかけ》本青鸚哥《ほんせいいんこ》
（インコ）
白黒熊《しろくろくま》
（パンダ）
猫熊《ねこぐま》
（レッサーパンダ）
鬆獅犬《しょうしけん》
（チャウチャウ）
白虎《びゃっこ》
（ホワイトタイガー）

春霞瑞獣伝《しゅんかずいじゅうでん》

後宮にもふもふは必要ですか？

—— 登場人物紹介 ——

宮城に勤める武官。
彩華の幼馴染み。

彩華の従兄。
独特の審美眼を持つ。

朗清の補佐をする文官。
動物はちょっと苦手。

本文イラスト／ゆき哉

一章　爵《しゃく》禄《ろく》も辞すべきなり

「この離宮《りきゅう》、春霞宮《しゅんかきゅう》は取り潰《つぶ》す。よって昭季公主《しょうきこうしゅ》、そなたには即時《そくじ》退去を命ずる」

顔を俯《うつむ》けていた昭季公主こと葉彩華《ようさいか》は、新たな皇帝《こうてい》となった高朗清《こうろうせい》の宣告に顔を上げた。

白粉《おしろい》が施《ほどこ》された彩華の顔の中で、瞳《ひとみ》は黒くはっきりしており、視線一つに射貫《いぬ》かれるような印象強さがある。結《ゆ》い上げてなお、背に流す余裕《よゆう》があるほどに豊かな髪《かみ》は、光沢《こうたく》が白く映《は》えるほど黒々として美しく、左右に並んだ皇帝の兵たちは彩華の可憐《かれん》さに息を詰《つ》めた。

「お……っ、お待ちくださいませ」

「ならん。これは決定事項《じこう》だ。元より、葉氏はもはや宗室ではない。故《ゆえ》に、葉氏の王には領地と身分を返還《へんかん》させている。公主も例外ではない」

冷淡《れいたん》に言い放つ朗清は、淡々と征服《せいふく》者としての決定を告げるのみ。

日に焼けた肌《はだ》、腰《こし》に差した剣《けん》の柄《つか》の使い込まれた風情《ふぜい》が、皇帝となって半年経《た》った今なお、武人としての鍛錬《たんれん》を怠《おこた》っていないことを物語る。

皇帝のみが着用を許された冕服《べんぷく》を纏《まと》う姿は重厚《じゅうこう》にして荘厳《そうごん》。

他人に命令し慣れた雄々《おお》しさのある朗清は元もと、啓《けい》と呼ばれる小国の王だ。いや、元はと言えば、啓王から王位を譲《ゆず》り受けた有徳の将軍だった。

真っ直《す》ぐに伸《の》びた眉《まゆ》、はっきりした目鼻立ちが、意志の強そうな朗清の顔貌をさらに際立《きわだ》たせている。

ただ纏う空気に張りつめた緊張感《きんちょうかん》が強く、威圧《いあつ》的でさえあった。

彩華は、今すぐに撤回《てっかい》を申し立てたい気持ちが喉元《のどもと》までせり上がるが、明確に撤回を要求する言葉は浮《う》かばない。そんな状態で口を開くのは不敬だとわかっていても、抑《おさ》えつけようと必死になればなるほど、心中の混乱はいや増した。

そう思えば、人慣れない彩華が動揺《どうよう》を面《おもて》に出さなかったのは褒《ほ》められた忍耐《にんたい》だと言える。

生まれて十六年。春霞宮からほとんど出たことのない彩華でも、皇帝が禁止した行為《こうい》を強行すれば、左右に並んだ兵が剣を抜くのは想像がついた。

それでも言わなければならないことがあり、彩華は目が回りそうな緊張を圧《お》して唇《くちびる》を動かす。

「へ、陛下のご決定に異議を申し上げるつもりなど、ございません」

王朝交代という事態を考えれば、朗清の命令は当たり前であり、公主も例外ではないという主張に異議はない。

それでも、彩華には今の朗清の言葉を受け入れられない理由があった。

だからこそ突然《とつぜん》百を数える兵士を招き入れることになった今日、恐怖《きょうふ》と混乱を押し込めてこうして新帝を迎《むか》え入れたというのに。なんとかそう言い訳を口にして、彩華は必死で会話の糸口を探す。

「一つ、一つだけお答えください。何故《なぜ》、接収ではなく、取り潰しなのでございましょう？」

接収ならまだ、この皇帝の離宮、春霞宮にいる者たちは据《す》え置かれる。公主としての彩華が春霞宮を有していたのであって、春霞宮に暮らす者たちは春霞宮に属しているのだから。

新たな宗室に接収されるというのなら、公主である彩華が住む根拠《こんきょ》を失《な》くすだけ。春霞宮が存続するなら、受け入れられもした。

それを朗清は取り潰すと告げたのだ。

春霞宮自体がなくなるのなら、春霞宮に生きる者たちはどうするつもりなのか。追い出して終わり、で済まされる話ではない。

先帝であった叔父《おじ》は、朗清率いる軍に包囲される直前逃《に》げ延びたため、都は無血開城で戦乱に荒《あ》れることはなかった。

その後、先帝は逃げた先で生活の安堵《あんど》を条件に帝位の移譲《いじょう》、禅譲《ぜんじょう》を行ったが故《ゆえ》に、葉氏によって大京藍陽府《たいけいらんようふ》と名づけられた都さえ捨てた、己《おのれ》のみが可愛《かわい》い腰抜《こしぬ》けと悪評が立っていた。

その姪《めい》である彩華に恩情はないとは思っていたが、新帝の訪《おとず》れに際して想定していた流れとは全く違《ちが》う現状に、答えを求めて朗清を見つめた。

「口ではなんと言っても、不服そうだな」

朗清は呆《あき》れたように言う。彩華は朗清のことを張りつめていると感じたが、己こそが緊張で表情も対応も硬《かた》くなり、内心の焦《あせ》りを不満と誤解されたことに気づけなかった。

朗清は、説明を促《うなが》すように帯同した文官を見る。

すると官服でもある赤い背子《はいし》を着た文官は、まず自己紹介《しょうかい》から始めた。

「わたくしは杜《と》裕民《ゆうみん》。安世《あんせい》とお呼びください。陛下のお召《め》しに従い学士となりました。さて、公主、いえ元公主さまのご質問に答えさせていただくならば、端的《たんてき》に申し上げてこの離宮の維《い》持費《じ》が無駄《むだ》であるという点に尽《つ》きます」

彩華と身長が変わらず、若い顔に顎髭《あごひげ》を蓄《たくわ》えた安世が言うには、春霞宮は広大で華美《かび》なため、維持修繕費《しゅうぜんひ》だけでも無駄である。先帝の浪費《ろうひ》で国庫は逼迫《ひっぱく》しているため、経費を削減《さくげん》できる項《こう》目《もく》を探していたところ、この春霞宮についての記録を見つけたのだという。

埒外《らちがい》の指摘《してき》に彩華が目を瞠《みは》っても、安世は気づかずつらつらと喋《しゃべ》り続けた。

「なんでもこの離宮、三代前の皇帝の頃《ころ》より、献上《けんじょう》された珍獣《ちんじゅう》を飼育するために使われ、先帝の時代にあなたさまの母君が賜《たまわ》り、死後はあなたさまへと領地の代わりに下賜《かし》されたそうで」

三代前、つまり彩華の祖父の代の記録はあっても、母に下賜されてからのまともな記録が見つからないと、安世は愚痴《ぐち》のように零《こぼ》す。

「ですので、経費は建造時の状態を維持する前提で算出させていただきました。まぁ、公主の領地代わりにというのでしたら、宗室に返していただくことになりますが、返されたところで用途《ようと》がない。維持するだけでも金銭がかかるのなら、離宮を潰してしまったほうが土地も有効活用できます」

一方的な言い分に彩華が翻意《ほんい》を促すため口を開こうとすると、今度は朗清が片手を振《ふ》って発言を拒否《きょひ》した。

その姿は皇帝というには洗練された風情がない。ただ、確かに人の上に立つことを知る指揮官の威風があった。

「安世の言うとおり、無駄に割《さ》く余裕はない。また、幾人《いくにん》もの葉氏の王から領地安堵の嘆願《たんがん》を聞いた。これ以上、同じ話の繰《く》り返しはいらない」

短く息を吐《つ》く朗清は、心底うんざりしているようだった。

本当に返還を拒否する嘆願に飽《あ》き飽きしていようと、彩華としては退《ひ》けない。

なおも発言しようとした途端、左右に並んだ兵たちが一斉《いっせい》に彩華を見下ろした。

重ささえ感じそうなほど殺気立った空気に、喉が動かなくなる。戦いの場に身を置いてきた者たちの無言の威圧が、一瞬《いっしゅん》にして室内を満たした。

彩華はあまりの恐怖に涙《なみだ》が浮かびそうになる。

ただでさえ、見知らぬ男性ばかりで萎縮《いしゅく》していたというのに、突然の廃園《はいえん》宣告に話さえ聞いてもらえないのだ。

先帝である叔父にも忘れ去られ、公主の位を失くす今になっても、守りたいもの一つ守れない。そんな不甲斐《ふがい》なさに涙を落としそうになった瞬間、背後で蹄《ひづめ》の音がした。

「え……？」

彩華たちがいるのは、春霞宮の前庭にある金烏館《きんうかん》と名づけられた建物。

採光のため大きく開いた金烏館の扉《とびら》に、朗清のみならず並ぶ兵たちも視線を注いでいる。

「あれは……馬？　白馬、ではないですな。何やら模様が、葦毛《あしげ》の馬ですかな？」

訝《いぶか》る安世の言葉で、彩華は馬の判別がついた。同時に、どうしているのかという疑念が口を突《つ》いて出る。

「星斗《せいと》、どうして……？」

誘《さそ》われるように振り返った彩華は、見知らぬ人間たちの姿に身を固くし、動きを止めた立派な体軀《たいく》の馬を見つけた。

馬体には黒い肌が透《す》け、白や灰色の体毛が規則的な斑模様《まだら》を描《えが》く。額から鼻筋には星のような十字の模様があり、そこから彩華が名づけ育てた馬だった。

彩華を見つけ近寄ろうとした星斗は、突然の怒号《どごう》にも似た混乱の声に大きく身を震《ふる》わせる。

「りゅ、龍馬《りゅうま》だ！　龍馬がいるぞ！」

「おい、あいつ絶対そうだって！　あの龍馬だ！」

龍馬とは龍と馬の間に生まれる妖怪《ようかい》であり、龍と馬の混じったような姿であると言われる。

星斗の斑模様は確かに遠くから見れば鱗《うろこ》に見えなくもない。鬣《たてがみ》は良くうねり、頰《ほお》から生えた龍の髭《ひげ》のようにも見えた。

口々に叫《さけ》んだ兵と共に、朗清も高い位置に据えた平座から身を乗り出し星斗を凝視《ぎょうし》している。状況《じょうきょう》がわからないのは彩華だけではなかったようで、安世は朗清へと説明を求めた。

「陛下、陛下。いったいあの馬がどうしたというのですか？」

「あれを、見たことがある。都藍陽包囲前の戦場だ。疲弊《ひへい》した国軍など敵ではなかったが、敗走時に必ず、あの龍馬に乗った将がこちらの追撃《ついげき》をかわし、見事な撤退《てったい》を繰り返したのだ」

「なんと、勇名を馳《は》せる陛下の手から逃《のが》れるような者が？　その龍馬の将は今何処《どこ》に？」

「わからん。国軍を調べても、撤退を指揮したことになっている将は別人だった」

思わぬ話に彩華が茫然《ぼうぜん》としていると、何処か目を輝《かがや》かせた朗清が首を巡《めぐ》らせてきた。

「あの龍馬は、何故ここにいる？」

「せ、星斗は、元もとこの春霞宮で生まれた者にございます。知人の武官が戦場に立つ際、貸し与《あた》えました。陛下が藍陽へ入られる前に、もはや戦場には出ないと返還《へんかん》されたのです」

「なるほど、元から宗室に近い者か。俺が藍陽に入る前、戦場に出ることはない、そうか。あれだけの腕《うで》だ。都から逃亡《とうぼう》する先帝に従ったのだろう」

彩華は肯定《こうてい》も否定もせず、星斗を見るように顔を逸《そ》らした。

下手に答えて、今なお都にいる知人に害が及《およ》ぶのは避《さ》けたい。と同時に、知人から聞いていない事実を耳にして、どう対処していいかわからなかったのだ。

「陛下、良くご覧なさい。額にある星のような白い模様。これは龍馬などではなく、的盧《てきろ》ではありませんか。乗り手を死に誘うと言われる凶馬《きょうば》など、近づいてはなりませんぞ」

兵の向こうで、安世が忠告の声を上げた。

彩華は星斗を見た目で悪く言う安世に、不服を申し立てようと振り返り、柱から身を乗り出す兵たちの威容に身が竦《すく》んでしまった。

胸元《むなもと》に手を添《そ》え、彩華が不服の思いを飲み込む間も、朗清は星斗から目を離《はな》さなかった。

「言われてみれば、的盧か。戦場では額当ての馬具に隠《かく》れて気づかなかったな。しかし、見るからに駿馬《しゅんめ》だ。凶馬と言われながら乗る者の話を聞くのは、良馬だからだろうか」

忠告を聞きながらも、星斗への関心を失わない朗清に、彩華は少しだけ胸《むね》を撫《な》で下ろした。

凶馬を見て不快を催《もよお》したので、処分しろと言われても従えない。皇帝《こうてい》の命令に従わないとなれば、廃園を阻《はば》むことさえできなくなってしまう。

一身に注目を集めた星斗は、不機嫌《ふきげん》さに頭を低く据え、前足は地面を何度も掻《か》いていた。

彩華は星斗を落ち着かせるため立ち上がると、金烏館の隅《すみ》に控《ひか》えていた老人の一人に声をかける。

「老趙《ろうちょう》、すぐに星斗を廏《うまや》へ……、え？」

背後に迫《せま》る足音に気づき、彩華が振り返ると、興味深そうに星斗を見つめる朗清が近づいてきていた。

その上、柱の間に並んでいたはずの兵まで動き出す。黒い鎧《よろい》を纏《まと》った兵が、見通せないほど並んで一斉に動くさまは、金属の擦《こす》れる音も相まって圧がすごかった。

彩華も身が竦む思いがする朗清たちの動きに、元から敏感《びんかん》な生き物である馬の星斗は、警戒《けいかい》心に満ちた嘶《いなな》きを一つ上げると、金烏館の前から走り去ってしまう。

駆《か》けた方向が廏であることを確かめて、彩華は偉丈夫《いじょうふ》である朗清に恐《こわ》ごわ申し入れた。

「あの、あちらでお待ちくださいませんか？　落ち着かせて、廏に戻《もど》すだけですので」

「そうか、廏があるのか。他《ほか》にも龍馬が？」

明らかに廏を見たいという気配を漂《ただよ》わせる朗清の言葉に、彩華は廏担当の老趙に目を向けた。

すると、重々しく首を横に振られる。

朗清を連れて行くのは危険との判断だ。

彩華としても至極《しごく》当然の判断だった。どう考えても、朗清が行く所には鎧や剣《けん》が騒音《そうおん》を立てる兵が帯同するだろう。

「その、あのような模様の馬は他におりません。もう一頭馬を飼育しておりますが、そちらはとても気性《きしょう》が荒《あら》く、廏に近づくことはお勧《すす》めでき――」

彩華は穏便《おんびん》に断ろうと、習い覚えはしても使うことのなかった礼儀《れいぎ》作法を必死に頭に浮《う》かべながら言葉を発した。

そんな彩華の努力を遮《さえぎ》るように、突如《とつじょ》、前庭と庭園を区切る壁《かべ》の向こうから、化鳥《けちょう》の叫びが連続して迸《ほとばし》る。

「そんな…………っ」

得体のしれない奇声《きせい》に、朗清たちは警戒を強める。

比して彩華と数少ない春霞宮に仕える老人たちは、顔色を失《な》くした。

「珍獣たちが、逃《に》げ出している……？」

朗清を迎《むか》えるにあたって、珍獣は全《すべ》て飼育するための部屋に確かに収容したはずだ。だというのに聞こえた声は建物越《ご》しの響《ひび》きではなかった。

先ほどの星斗も、馬小屋に繋《つな》いでいたはずが目の前に現れている。庭園でも同じように珍獣《ちんじゅう》たちが闊歩《かっぽ》しているとしたら、相性の悪い珍獣同士では喧嘩《けんか》をして怪我《けが》をしてしまうだろう。

「た、大変！　老趙はともかく瞰の確認《かくにん》を。皆《みな》はすぐに庭園へ！」

彩華はもはや朗清たちのことなど眼中外に置いて、金烏館を飛び出した。向かう先は庭園と前庭を繋ぐ二門。

「さ、彩華さま……っ」

二門を開けようとした彩華は、背後からかけられた老女の困惑《こんわく》の声に振り返った。

そこには、朗清を先頭に金烏館にいた兵も文官も全員が揃《そろ》っている。

「ぁ、あ、皆と言ったのは春霞宮の者を呼んだだけで……。ど、どうぞ金烏館でお待ちください。珍獣たちが興奮してしまいます」

「何をそんなに慌《あわ》てているのですかな？　元よりこの離宮《りきゅう》は陛下のものですぞ。見て回ることになんの問題があるというのですかな？」

出遅《でおく》れたのか、兵たちの間を朗清に向かって進みながら、安世が怪《あや》しむ様子で問う。

「陛下がご覧になるものはございません。何より、皆さまの身を案じてのことにございます」

「身を？　無用だ。どうするかは俺が決め――」

朗清が何かを言おうとしたが、二門越しにも響く遠吠《とおぼ》えに、彩華は珍獣が心配でもはや人間の相手をしている余裕《よゆう》はなくなった。

彩華は振《ふ》り返らず、二門を開くと中に飛び込む。

「な、なんだこれは……」

足を踏《ふ》み入れた朗清は、埒外《らちがい》の光景に戸惑《とまど》ったようだ。

二門は前庭よりも高くなっており、二門の階段を登ると庭園にある二門閣《にもんかく》と呼ばれる建物の内部に繋がっている。

閣は四方に出入り口があり、庭園の景観を楽しむための建物だ。そのため壁はなく、柱が並ぶ広間になっていた。

が、本来の用途《ようと》としては使っておらず、今や珍獣の世話のための用具置き場と化しており、二門閣内部には雑多に干し草などが積み上げられ、畜産《ちくさん》用具が立てかけられていた。

臭《にお》い消しで金烏館に焚《た》いていた香《こう》も二門の内部には届いておらず、隠しきれない獣臭《けものくさ》さが漂い、離宮と呼べる風雅《ふうが》さは感じられない。

構っていられない彩華は、庭園に通じる二門閣の戸をいっぱいに開いた。

「…………………は？」

眼前の光景に絶句した朗清の隣《となり》で、安世が瞬《まばた》きを繰《く》り返し呟《つぶや》く。

「命じずともすでに、廃園《はいえん》と化しておりますなぁ」

冷徹《れいてつ》かつ的確な表現に、彩華のみならず老人たちも、否定できない悔《くや》しさに動きを止める。

建造時、最も贅《ぜい》と趣向《しゅこう》を凝《こ》らしたはずの広い庭園は、今や見る影《かげ》もなく鬱蒼《うっそう》としている。樹木にも建物にもひと目でわかる爪痕《つめあと》があり、修繕《しゅうぜん》も手入れも行き届いていないありさまだ。

「庭園の形は保っていても、もはや人の住む場所ではないのでは？　珍獣の飼育とはありましたが、いったい、どれだけの珍獣がこれほど立派な庭園をここまで荒《あ》らしたのですかな？」

「そうだな。庭園ではなく、もはや珍獣園と言っていいんじゃないか、これは？　それに修繕費をどうやって工面しているのかと思えば……」

朗清は別の木材で根接《ねつ》ぎされた二門閣の外柱に手を添えて呟く。

無駄《むだ》を削減《さくげん》するために維持《いじ》修繕費のかかる離宮を潰《つぶ》そうとしていたのだ。元よりそんな経費など存在しないため、彩華たちが自ら修繕を行っていたにすぎない。まともな記録がないと言っていたが、出されていない経費の記録など最初からないのだ。

言いたいことはあるが、彩華は唇《くちびる》を引き結んで庭園に目を凝らす。鳴き声は止《や》んだものの、辺りには獣が息を殺し、こちらを窺《うかが》う気配が漂っていた。

見知らぬ人間が大勢入ってきたことに警戒し、姿を隠したのだろう。沈黙《ちんもく》を破るように、重い足で茂《しげ》みを掻きわける音がする。次いで轟《とどろ》いたのは、腹の内にまで響く猛獣《もうじゅう》の咆哮《ほうこう》だった。

瞬間《しゅんかん》、兵たちは四方に目を配るように剣を構えた。

その動きは良く訓練された兵士の動きだったが、姿の見えない猛獣に、切っ先が定まらない。

朗清は抜《ぬ》かず柄《つか》に手をかけた状態で、猛獣の姿を探そうと庭園を見下ろす欄干《らんかん》に寄った。応じて横に並ぼうとする安世を、朗清は片手で制す。

「安世、後ろにいろ。どうも昔一度だけ聞いた、虎《とら》の鳴き声に似ている」

「虎？　虎が都の中にいるのですか？　な、なんたること」

安世が責めるように見るが、彩華は本心から反論した。

「皆さまに驚《おどろ》いただけなのです。決して悪い子ではございません」

「虎が都にいることを否定しないのですかな！」

安世が声を高くした途端《とたん》、頭上で緩《ゆる》んだ瓦《かわら》が音を立てた。気づいたのは、軒先《のきさき》にいた朗清と安世、そして彩華だった。

「蛇《へび》です！　避《よ》けてくださいませ！」

言うも遅《おそ》く、朗清の頭上へと落下するものがあった。

「なんだと……っ、この！」

武人としての反射か、朗清は大きな袖《そで》で身を庇《かば》いつつ、頭上で腕《うで》を大きく振る。

途端に、縞模様《しまもよう》のある蛇が払《はら》い除《の》けられ、彩華のほうへと弾《はじ》き飛ばされた。迷わず蛇を受け止め庇うように胸へと抱《かか》え込むと、蛇も縋《すが》るように彩華の首元へと身をくねらせる。

「白黒の縞は毒蛇ですぞ！」

垣間《かいま》見《み》た姿に安世が悲鳴のような声を上げた。

「おとなしい性格なので、何もしなければ嚙《か》みません。毒蛇でもいい子なのです」

「何を言っているんだ！　危険な真似《まね》をするな！」

自らが払ったためか、朗清は彩華を叱責《しっせき》しながら毒蛇を放すよう慌てて指示する。

「大丈夫《だいじょうぶ》ですから、どうかお静かに。刺激《しげき》しないでくださいませ」

彩華が硬《かた》い表情ながら必死に願うと、朗清は険しい顔のまま口を閉じる。そんな朗清の態度に倣《なら》うように、兵たちも剣を構えた姿勢で動かなくなった。

引いた気配を察したのか、朗清を確かめるように蛇は彩華の首周りに身を擦《こす》りつけて、二対の双眸《そうぼう》を露《あら》わにした。

瞬間、朗清の目が限界まで見開かれる。

「……っ、双頭の、蛇？　しかもなんだ、その色は。白黒の縞じゃなかったのか？」

彩華は左手で双頭蛇の二つの頭を撫《な》でる。本来は暗紫褐色《あんしかっしょく》で、安世が指摘《してき》したとおり白黒の縞のはずが、全体的に白っぽく、黒いはずの部分が茶色や紫《むらさき》に見えるほど薄《うす》い色しかない。

生来とても臆病《おくびょう》で、人間に飛びかかることなどないはずの性格をしている。それが朗清の頭上へ姿を現したことを思うと、それだけ見知らぬ人間の存在が怖《こわ》かったのだろう。

彩華が双頭蛇の心中を慮《おもんぱか》って視線を下げていると、安世が震《ふる》える声で呟いた。

「…………委蛇《いい》？　まさか、双頭人面、紫の蛇など、本当に存在するわけが……」

委蛇とは、その姿を見て生きていた者は世に覇《は》を唱えると言われる存在であり、為政者《いせい》の吉《きっ》兆《ちょう》とも言える。

確かに双頭蛇は、普通《ふつう》の蛇に比べて目が人間のように正面を向いていた。彩華としては色が珍《めずら》しいだけの蛇なのだが、珍獣と言えば珍獣だ。いつの間にか庭に入り込んだ毒蛇が産んだ卵を、たまたま孵《ふ》化《か》させて手ずから育てたにすぎない。

それでも為政者となった朗清からすれば興味深い存在らしく、双頭蛇を凝視《ぎょうし》していた。

伝説の獣に出会えたという夢を壊《こわ》さないほうがいいだろうか、と彩華が迷う内に、珍獣たちを回収すべく、老人たちが庭園へ降りていく。

二門閣の正面には、人工の小川を跨《また》ぐ弓なりの橋が架《か》かり、左手には閣に沿って湾曲《わんきょく》した溜《ため》池《いけ》。右手の離《はな》れた場所には、溜池に注ぐ小川の元である真円の池があり、どちらも草木が蔓延《はびこ》って水面《みなも》に影を落としていた。

不意に、溜池のほうを指して一人の兵が声を上げる。

「おい、亀《かめ》だ！　とんでもなく大きな亀がいるぞ！」

「いや、あれは霊亀《れいき》だ！　見ろ、毛の生えた緑色の長い尻尾《しっぽ》を持っている！」

「それはただの藻《も》の生えた亀です」

訂正《ていせい》してみるが、鎧《よろい》が擦《こす》れ合う音に彩華の声は掻《か》き消される。

「こっちの池には猿《さる》がいるぞ！」

「なんだあいつ？　膝《ひざ》から爪《つめ》が生えている？」

亀がいる池とは別の真円の池を指して騒《さわ》ぎ声が上がり、反応した安世が盛大に眉《まゆ》を顰《ひそ》めた。

「膝から爪？　それは幼子を襲《おそ》うと言われる水虎《すいこ》かもしれませんな」

「いいえ。ただ騒ぎに立ち上がっただけの江獺《かわうそ》です」

確認《かくにん》して訂正してみるが、彩華の声をまともに聞く者がいない。

「わぁぁああ！　なんだあの大鳥は！」

「あの子は真孔雀《まくじやく》と言って――」

「赤青黄、黒白、五彩《ごさい》が揃っている……っ。あ、あれは、鳳凰《ほうおう》だ！」

「いえ、赤みが強いくらいで、ただの孔雀……」

木の上から滑空《かつくう》するように二門閣の前を横切る、美しい孔雀。長く風に靡《なび》く尾羽《おばね》を揺《ゆ》らして木立の中へと消えていった。

押し寄せる疲労《ひろう》に彩華が項垂《うなだ》れると、朗清も疲《つか》れたような声を出した。

「なんなんだ、ここは……？」

「先ほど安世どのが仰《おつしや》っていたとおり、珍獣《ちんじゆう》を飼育する場所にございます」

「うむ、あぁ。そう、だったな……。いったい、どれだけの種類がいるんだ？」

ふと、彩華は朗清が普通に話を聞いてくれていることに気づく。

発言さえ拒否《きょひ》されていた金烏館でのことが嘘《うそ》のようだ。

「うん、あれはなんだ？　あの老人たちが肉で誘導《ゆうどう》している巨大《きょだい》な……蛇か？」

「いえ、蛇ではなくただの大蜥蜴《おおとかげ》です」

彩華の答えと同時に姿を現した大蜥蜴を目にして安世が叫《さけ》んだ。

「あんな大きさ、蜥蜴のわけないでしょう！」

人間と同じくらいの腹回りに、尻尾まで入れれば人の身長など軽く超《こ》える長大な体。地面を踏《ふ》む太い四肢《しし》には鋭《するど》い爪が並んでいた。

「ですから、大蜥蜴です。正確には水大蜥蜴《みずおおとかげ》といい、時には水中に潜《ひそ》むこともあるのです」

泳ぐ姿は悠々《ゆうゆう》として見応《みごた》えがある。ただ今は正直、水に隠《かく》れる前に見つけられて良かった。

「水にまで住めるのか？　あれほどの威容《いよう》、いっそ、無角の龍《りゅう》だな」

朗清の呟きに、狼狽《ろうばい》していた安世は大蜥蜴を改めて見た後、孔雀が隠れた木立を凝視して考え込む。朗清の兵も警戒《けいかい》は続けながら、中には好奇《こうき》心に目を輝《かがや》かせている者がいた。

いけるかもしれない、と彩華は一人息を詰《つ》める。

突然廃園《とつぜんはいえん》を言い渡《わた》されたことで戸惑《とまど》ってしまったが、最初から、珍獣に興味を持ってもらい春霞宮の存続を願おうと、老人たちと相談して決めていた。想定していた状況《じょうきょう》とは大きく違《ちが》うものの、当初の目的は達成されている。

「陛下、珍獣に関する記録は、全《すべ》て春霞宮に保管してございます。母の代に移管されたのです。もちろん、飼育する珍獣の記録もございますので、お時間をいただけるようでしたら、全ての記録を隠さず提出させていただく所存にございます。まずは珍獣についてお知りになりたいのでしたら、金烏館にてお答えさせていただきたく」

老人たちと相談して決めていた台詞《せりふ》を状況に合わせて変えながら、噛まずに言えたことで、彩華は心中密《ひそ》かに喜ぶ。

話し合いを仕切り直そうと、彩華は緊張《きんちょう》に強張《こわば》った顔で訴《うった》えた。硬すぎて無表情になってしまっている顔の中で、瞳《ひとみ》だけは黒く濡《ぬ》れて強い意志を感じさせる。

そんな目で見上げられた朗清は、言葉に詰まった。

やはり、金烏館で拒絶《きょぜつ》した時ほどの冷淡《れいたん》さはない。彩華がもうひと押しになる言葉を考えていると、思わぬ方向から後押しがあった。

「よろしいのでは、陛下？　この状況でございますし、記録をすぐに用意するだけの人手もおらぬようですし？　待つ間に話を聞くならば、ここよりも前庭のほうが安全かと」

「安世……。お前が言うなら、そうしよう」

何やら朗清と安世の間で、視線だけの意思疎通《そつう》が行われたようだ。

不安はあるが、摑《つか》んだ希望の端緒《たんしょ》を離してはいけないと、彩華は唇《くちびる》を引き結ぶ。庭園の珍獣たちは老人に任せて、一人朗清たちを金烏館へ案内し直すこととなった。

途中《とちゆう》、二門閣の中で、安世が朗清へと囁《ささや》く。周りを鎧の音で囲まれているせいか、安世の声は本人が思うよりも大きい。

「陛下、これは思わぬ拾いものでしょう。瑞獣《ずいじゆう》を陛下が得たとなれば、旧臣たちからの非難を逸《そ》らす大義名分に使えるかもしれませんぞ。瑞祥《ずいしよう》を天よりの啓示《けいじ》として、改革の正当性を補強し、推《お》し進めるのです」

「しかし、珍獣は元より葉氏が集めていたものだ。この様子では記憶《きおく》している者も少なかろうが、欺瞞《ぎまん》がばれた時のことも想定すべきではないか？」

「何、瑞祥を疑い検証するなど天に唾吐《つばは》く行為《こうい》。何よりここには凶兆《きようちよう》の類《たぐい》にも似た珍獣がおります故《ゆえ》。ここの瑞獣のみを陛下が手の内に収めたなら、残る凶兆に手を伸《の》ばす者にはそれを理由として、相応の処分を下せば良いことと」

身勝手な安世の言葉に、彩華は胸に湧《わ》く怒《いか》りを抑《おさ》え込む。

道具のように利用するだけの打算とは言え、興味を持たれていないよりもましなのだ。珍獣が健《すこ》やかにすごすためには、珍獣の良さをなんとしても理解してもらわなければいけない。

ふと彩華は、見知らぬ人間に囲まれるより、手のかかる珍獣たちとすごすほうが、ずっと心穏《おだ》やかでいられることに気づく。

気づいてしまえば現状が重く肩《かた》にのしかかり、彩華の意気を挫《くじ》く。奮い立たせようと息を吸い込んだところで、朗清のすぐ側《そば》から情けない叫びが上がった。

「ふぁぁああ……っ、な、何かが、わ、わたくしの袖《そで》を噛《か》んでおりますぞぉ！」

「落ち着け、安世。これこそただの蜥蜴だ。よく見れば、面白《おもしろ》い顔をしているじゃないか」

「いやいや、陛下！　なんですかな、この大きさ。わたくしの二の腕《うで》くらいありますぞ。ぜ、全然袖を離さないのです」

金烏館へ続く廊下《ろうか》。飾《かざ》り窓の縁《ふち》に鉤爪《かぎづめ》のある足をかけているのは、黄みがかった鰐蜥蜴《わにとかげ》という珍獣だ。凹凸《おうとつ》のはっきりした鱗《うろこ》が特徴《とくちょう》で、水辺の生き物なのだが、どうやらこちらまで逃《に》げてきてしまっていたようだ。

思えば二門閣と二門をしっかり閉じずに庭園に向かってしまった。他《ほか》にも庭園から移動してしまった珍獣がいるかもしれない。そう彩華が考えた途端《とたん》、飾り窓の向こうから、短く鳴き続ける甲高《かんだか》い声が上がった。

「また何かわからない生き物がいますぞぉ」

どうやら動物が得意でないらしい安世は、うんざりした様子で外を指差した。

地面に四つ足をついて飾り窓を見上げるのは、全体的には赤毛で、腹と足が黒く、顔には白い模様の入った猫熊《ねこぐま》。丸い目で人間を見返し、愛くるしく薄紅色《うすべにいろ》の小さな舌を覗《のぞ》かせている。

甘えるように短く甲高い声を発する猫熊は、縞模様《しまもよう》の入った太い尻尾をくねらせ、大きな三角の耳を動かしている。猫よりひと回り大きく、熊のようにどっしりとした脚《あし》を持っていた。

その猫熊が、突然《とつぜん》前足を高々と頭上に挙げて、後肢《こうし》で立ち上がる。短い脚を必死で挙げる姿は愛らしく、兵の中からも微《かす》かに笑いが起きた。

次の瞬間《しゅんかん》、猫熊が口を開くと、頭上から激しい雷鳴《らいめい》の音が轟《とどろ》く。

人間はもちろん突然の雷鳴に身を硬くしたが、安世の袖を噛んでいた鰐蜥蜴も、大きく口を開けて全身に力を入れていた。

「なんだ、今の雷鳴は？　今日は雲などなかっただろう！」

驚《おどろ》いた朗清が窓から空を見上げるが、やはり雷鳴を轟かせるような雲などない。

「ま、まさか……、今の雷鳴は…………」

袖を取り戻《もど》した安世が、恐々《こわごわ》と飾り窓から猫熊を見る。猫熊は何ごともなかったかのように四つ足をついており、見つめる安世に小首を傾《かし》げてみせた。

「雷鳴のような鳴き声を持つ、四足の獣、雷獣《らいじゅう》。そして、雷鳴を聞かなければ決して獲物《えもの》を離《はな》さない、雷公蛇《らいこうだ》…………？」

「ほ、本物の…………！」

安世の言葉に兵たちがざわめく。

「いえ、ただの猫熊と鰐蜥蜴、と申し上げても聞いておりませんね。雷鳴の正体は……」

彩華が窓から腕を出すと、羽ばたきが近づき、鮮《あざ》やかな緑色の鳥が舞《ま》い降りた。

彩華の腕にとまって首を伸ばす鳥の羽毛《うもう》は、目の覚めるような緑の羽に、青みがかった部分もある。木の実のような赤い嘴《くちばし》を持ち、鳩《はと》よりひと回り小さいくらいだ。

安世は、新手の珍鳥の姿に喉《のど》を攣《つ》らせた。

「ひぃ、あれは……っ。紫《むらさき》と緑の羽、長い首、赤い嘴。伝承よりも小さいが、あの姿は鴆《ちん》！」

「鴆？　あの羽を漬《つ》けるだけで毒酒を作れるという、毒鳥の？」

確かに羽は青紫にも見えるが、鴆のような毒などないことを彩華は知っていた。

「そんな、違います。この子は輪掛本青鸚哥《わかけほんせいいんこ》の」

「ん？　なんと言った？」

聞き慣れない名称《めいしょう》に、朗清が顔を顰《しか》める。兵たちも毒蛇《どくへび》の次には毒鳥かと、眉間《みけん》を険しくして殺気を高めている。

「鸚哥、鸚哥という南方の鳥です。毒などございません」

雷鳴の音に本能を刺激《しげき》され、動きを止める動物は多い。そのため、鸚哥の声真似《まね》の習性を利用し、珍獣たちが喧嘩《けんか》などをした際には、雷鳴を響《ひび》かせるよう躾《しつ》けていたのだ。

「驚かせてしまい、大変申し訳ございません。お怪我《けが》がないようでようございました。それでは、参りましょう」

厳しい視線から逃げるように鰐蜥蜴と猫熊も回収した彩華は、雷鳴の発生源がわかっているので動揺《どうよう》もなく金烏館への先導に戻る。

逆にその落ち着き払《はら》った彩華の背中を見つめて、瑞獣や凶獣も本物ではないかと、低く囁きが交《か》わされていた。

「えぇ……………、それで、だな……」

最初と同じように、平敷の座に腰《こし》を据《す》えた朗清の歯切れが悪い。柱の間に並んだ兵も、落ち着かない様子だ。安世に至っては、彩華の膝《ひざ》にいる猫熊から目を離せなくなっていた。

なんだあの公主と聞こえた気がした彩華だったが、朗清が動いたのでそちらに集中する。

ただ、慣れない人間の相手に疲労《ひろう》する心を慰《なぐさ》めるため、猫熊の柔《やわ》らかな毛並みを撫《な》でる手を止めることはなかった。

「その、膝にいる珍獣《ちんじゅう》は……、先ほどのようなことを、頻繁《ひんぱん》にするのか？」

朗清の問いに、彩華は良心の呵責《かしゃく》を覚えながら、表情には出さず答えた。

「頻繁というほどではございませんが、本日におきましては初めて見る人の多さに驚き、威嚇《いかく》をしただけのことにございます。ご覧のとおり、慣れた人間の手であれば、心許し身を任せ、決して傷つけることなどございません」

もしかしたら、雷鳴を本当に猫熊の力だと考えているのかもしれないことは、反応を見れば想像がつく。もし本当だと信じて畏《おそ》れ、春霞宮の取り潰《つぶ》しを撤回《てっかい》してくれるなら、と期待を込めた答えだった。

彩華の言葉を肯定《こうてい》するように、猫熊は膝から離れようとはしない。鸚哥は普段《ふだん》よりも高く結《ゆ》った髪《かみ》が気に入ったのか、頭上で大人しくしている。鰐蜥蜴はじっと動かず肩に乗り、反対側の肩からは臆病《おくびょう》な双頭蛇《そうとうだ》が髪に隠《かく》れて、二対の双眸《そうぼう》で朗清を見つめていた。

「懐《なつ》く、ものなのか？」

「はい。常日頃《つねひごろ》、心を通わせ世話を続けるなら」

彩華の答えに、安世が確認《かくにん》を取る。

「つまり、あなたなら、珍獣たちの世話も操縦もできると？」

嫌《いや》な言い方だとは感じても、彩華は表情を動かさず淡々《たんたん》と肯定した。改めて今までにない数の視線に晒《さら》されると、緊張《きんちょう》が高まり表情も声も硬《かた》くなってしまう。

その間に、また何ごとかを考える安世が、朗清へと耳打ちをする。

応じて朗清は、窺《うかが》うように彩華を見た。

「……それも、一つの手、か」

「そのとおり。これならば一挙両得。庭園を見た時には無駄足《むだあし》だったと落胆《らくたん》したものですが、なんにでも利用価値というものはございますな」

安世の言葉選びから、あまり良い相談ではないらしい。

朗清も決断を迷うらしく、難しい顔で黙《だま》ってしまった。

「陛下も故国からの申し入れに苦慮《くりょ》なさっていたではございませんか。花は飾るだけでも良いのです。実をつける木は、陛下が望む良木を選ばれれば良い」

朗清の反応の鈍《にぶ》さに、安世は一度言葉を切ると、黙考《もっこう》して説得の方向性を変えた。

「これも、安寧《あんねい》のため。山積した問題を片づけるには、まずこの都を安んじなければならないのです。そのために使えるものが無為《むい》に存在しているのなら、有意義に使うべきでしょう」

「そう、だな……。使える手が増えると思えば、悪いことではない」

彩華も内心で、朗清の言葉に頷《うなず》く。

この際、珍獣たちが権威《けんい》を喧伝《けんでん》するため利用されることを、受け入れてもいい。春霞宮を潰され、間接的に殺されるよりはましだ。

元から公主としても忘れ去られた存在だった。春霞宮を所有する名分以外に公主の座への執《しゅう》着《ちゃく》があるわけでもない。

できれば、珍獣たちの飼料の援助《えんじょ》くらいは引き出したいが、彩華を見下ろす朗清は、まるで最初に金烏館で向かい合った時のように、何処《どこ》か冷淡《れいたん》な雰囲気《ふんいき》を纏《まと》っていた。

彩華も猫熊を撫でる手を止めて、朗清からの言葉を待つ。

覚悟《かくご》を持って朗清の言葉を受けた彩華だったが、その内容はあまりにも想定の埒外《らちがい》だった。

「後宮へと入れ、葉絹英《ようけんえい》。その際、瑞獣《ずいじゅう》であれば後宮での飼育を許可し、飼育に必要な環境《かんきょう》を整えることを約束しよう」

静まり返った金烏館に、朗清の声が波及《はきゅう》して消えた。

朗清の言葉は、申し入れではなく命令だ。上位者のみに許される諱《いみな》をあえて口にすることで、彩華に拒否《きょひ》権がないことを告げていた。

後宮に入れる、つまり妻とするという発言に、兵の間からも遅《おく》れて驚愕《きょうがく》の声が上がる。

「瑞獣、のみ……？」

思わず漏《も》れた彩華の声に、安世が当たり前だと答えた。

「今のところ、龍《りゅう》一体に鳳凰《ほうおう》一羽、霊亀《れいき》にそこの委蛇、といったところでしょうか。他《ほか》にもいるようでしたら、言ってくだされ」

つまり、凶馬《きょうば》と言われた星斗や鴆と見なされた鸚哥は、受け入れを拒否するということだ。

それでは、半分も連れて行けない。

その上、安世は二門閣の中で不穏《ふおん》なことを言っていた。

「…………この春霞宮は、どうなるのでしょう？」

彩華は取り乱しそうになる自身を抑《おさ》え、少しの期待を込めて問う。

春霞宮が存続する可能性があるなら、と。

「取り潰しは変わりませんが、即刻《そっこく》というわけではないですな。あ、もちろん離宮《りきゅう》と珍獣は宗室の所有となりますので、勝手なことは考えぬよう」

彩華が珍獣を生かすため余人へと譲渡《じょうと》するのは、凶兆であっても許さないということ。

吉兆《きっちょう》でも凶兆でもない珍獣も、春霞宮がなくなれば結局は住み処《か》を失《な》くし、死ぬしかない。

しかも安世は二門閣で言っていた。凶兆に手を伸《の》ばす者には相応の処分を、と。

凶兆に手を出したと処分される人間が出れば、凶兆と言われた珍獣はどうなるのか。厄《やく》を祓《はら》うために、一緒《いっしょ》に処分されると見るべきだろう。

罪もない、ましてや凶兆という無実の迷信《めいしん》で、家族同然に暮らした珍獣が殺されるかもしれない。

考えた途《と》端《たん》、彩華は血の気が引いた。

そんな彩華の気配の変化に珍獣たちは敏感《びんかん》に反応し、それぞれが口を開いて威嚇する。

雷獣《らいじゅう》かもしれないと思っている兵たちは、猫熊《ねこぐま》の動きで緊張を一気に高めた。

すると安世が、威嚇する珍獣から身を引いて、釘《くぎ》を刺《さ》すように言う。

「現状陛下に妃嬪《ひひん》はいらっしゃいませぬ故《ゆえ》、相応の位は授《さず》けますが、この離宮の所有を望むことのないよう、申し上げておきますぞ。先のとおり、先帝《せんてい》のために国庫の逼迫《ひっぱく》は深刻。まぁ、今の生活よりも良くはなりましょうが、弁《わきま》えた暮らしというものを心がけていただきましょう」

彩華は公主として与《あた》えられる禄《ろく》のみを頼《たよ》りに、春霞宮の維持《いじ》に心血を注ぎ、珍獣たちを優先して暮らしてきた。

後宮で皇帝のために身を飾《かざ》る生活は、明日の食料を心配する必要も、荒《あ》れる都の治安に心細らせる不安もないだろう。

ないが、ただ、それだけだ。

心配も不安もなくなると同時に、今体に寄り添《そ》う温《ぬく》もりを発する珍獣たちがいないのでは、安らぎも喜びさえもなくなる。

「位が上がっても、禄が増えても、それじゃ意味がない……っ」

彩華は自分にしか聞こえない声で心中を吐露《とろ》した。

公主の位も妃嬪の位もいらないから、春霞宮の存続と珍獣の助命を申し入れたいというのが彩華の本心だ。

それでも皇帝から直接命令された後宮入りを、拒否することはできない。

この場で拒否したところで、皇帝に対する不敬を理由に並ぶ兵に殺されるだけだ。

そうなってしまっては、春霞宮の取り潰しを回避《かいひ》するために動ける者さえいなくなる。

「さて、後宮入りとなると、先帝のほうにも使者を発さねばなりませんな」

「あぁ、すでに両親は……。後見は先帝本人なのか？」

拒否することなど考えていない、できないとわかっている朗清と安世の会話に、彩華は思い余って声を上げた。

「私は、亡父の祖廟守《そびょうもり》をいたしたいと存じます！」

彩華の言葉は、太陽の化身《けしん》、金烏《きんう》を描《えが》いた天井《てんじょう》に高く木霊《こだま》する。

「…………はぁ？」

誰《だれ》からともなく上がった疑問の声に、彩華は硬い声音《こわね》で訴《うった》えた。

「先々帝であった父の祖廟は、宗室である葉氏皇帝の廟にございました。ですが今、宗室の祖廟はすでに高氏のもの。宗室ではなくなった今、父たる先々帝を祀《まつ》る廟はなくなり、子も女児のみで、穢《けが》れなく心霊《しんれい》に仕えられる者は私のみにございます」

昭季公主と呼ばれたように、彩華は季が示す、四番目の子女。上三人の姉はすでに結婚《けっこん》しており、祀るのは婚家の廟だ。

葉氏として先々帝を祀ることができるのは、未婚の彩華のみ。

祖廟守は先祖の霊を慰めると同時に、災いを起こさぬよう、怨《うら》み呪《のろ》わぬようその身を捧《ささ》げて鎮魂《ちんこん》に生涯《しょうがい》をかける。つまり、彩華は生涯未婚を貫《つらぬ》きたいと、皇帝に申し立てたのだ。

「祖廟守、祖廟守……か。孝徳の志、だな」

確かめるように呟《つぶや》いた朗清は、彩華の申し出を一蹴《いっしゅう》できない。

親への献身《けんしん》は、孝徳として徳目の中でも上位に位置する。世間的に正しく、己《おのれ》を犠牲《ぎせい》にして尽《つ》くすと表明した彩華の申し出を、力尽《ちからず》くなら覆《くつがえ》すことはできる。不快を理由にこの場で彩華を手打ちにしても、朗清は許される。

許されるが、後々の面倒《めんどう》を考えれば、この場で彩華を責めることはできない。

皇帝の命令とは言え、祖廟守の申し出を却下《きゃっか》しては世間体《せけんてい》が悪く、彩華の孝徳の道を閉《と》ざして後宮に入れたとなれば、非難は免《まぬが》れ得ないのだ。

瑞獣を大義名分として得ながら悪評がついては、瑞獣を手にする意味が半減してしまう。

「考えましたね……」

舌打ちするように口を歪《ゆが》めて、安世が呟く。

注がれる朗清の視線に、彩華は瞬《まばた》きさえせず動かなかった。

「翻意《ほんい》はない、か」

沈黙《ちんもく》の中、諦《あきら》めたような朗清の声が広がる。

この日、叔父《おじ》を帝位から追った新帝と顔を合わせた彩華は、珍獣《ちんじゅう》のため、意に染まない求婚を正面から叩《たた》き返してしまった。

二章　君子は人を以《もっ》て人を治む

皇帝である朗清たちが帰り、彩華は庭園の奥、生活の場である内院で長嘆息《ちょうたんそく》した。

「……泣きそう…………」

石畳《いしだたみ》の敷《し》かれた内院は、北に春霞宮で最も大きな御殿《ごてん》を有し、そそり立つように湾曲《わんきょく》した屋根の軒飾《のきかざ》りも優美。庭園とは白い塀《へい》によって隔絶《かくぜつ》され、春霞宮の風雅《ふうが》さを留《とど》めている場所だ。

「だから言ったんだ。皇帝がわざわざ来るなんて、いい報《しら》せのはずがないって」

屋外に据《す》えられた石卓《せきたく》と揃《そろ》いの椅子《いす》に座る彩華の前には、幼馴染《おさななじ》みであり武官の趙相真《ちょうそうしん》が立っている。

相真はこの春霞宮に仕える老趙の孫で、幼い頃《ころ》は老趙と共に珍獣の世話をしてくれていた。今は大人となり武官として宮城に勤めているが、時間があるとこうして顔を見せては昔のように手伝いをしてくれるのだ。

「その上、こいつらが悪戯《いたずら》して閂《かんぬき》と戸を全《すべ》て開けるなんて、あり得るってわかってただろ。皇帝と直接会うより、まず文面で詰《つ》めたほうが良かったんだよ」

彩華から成り行きを聞いた相真は、憤懣《ふんまん》やる方ないと言わんばかりにいきり立っている。

そんな相真の片手には荒縄《あらなわ》が握《にぎ》られており、その先には不機嫌《ふきげん》そうに荒縄に爪《つめ》をかける赤狐《あかぎつね》がいた。

珍獣に与えた芋《いも》を盗《ぬす》んで追い詰められていたところを保護した元野良《のら》の狐で、今回珍獣たちの飼育部屋の戸を開けた悪戯者である。

野性の荒波に揉《も》まれて育ったため賢《かしこ》く、その賢さ故に閂を外すことを覚えてしまっていた。

いちいち尤《もっと》もな相真の指摘《してき》に、彩華も嘆息するしかない。

「そう、ね。お持て成しをするつもりで宴席《えんせき》も用意したのに、無駄《むだ》になってしまって……」

相応の準備をしたつもりだったのに、何一つ上手《うま》くいかなかったような気がする。

目を潤《うる》ませ俯《うつむ》く彩華に、幼馴染みの気安さで苦言を呈《てい》していた相真も視線を泳がせると、慰《なぐさ》めるように声をかけた。

「えっと、ほら。彩華さまが気合い入れてこれだけ粧《めか》し込んだから、後宮入りなんて話も、出たの、かも？　そ、それがどうしたってわけじゃないけど、えっと」

朗清が帰ってからまだ着替《きが》えていない彩華の装いは、伝統的な礼服である上衣下裳《じょういかも》であり、女性の基本形の襦裙《じゅくん》を纏《まと》っている。

袖《そで》のない打掛《うちかけ》である半臂《はんぴ》は薄桃色《うすももいろ》で、表面には金糸の色取り。上衣の襦は大紅色《たいこうしょく》。襟《えり》と袖の縁取《ふちど》りに入れられた翠緑色《すいりょくしょく》は、下裳である裙と揃いの色だ。腕《うで》にかける帯状の薄織《うすお》りである披帛《ひはく》は透《す》ける黒。白い大帯の上から巻いた黒い布帯が全体を引き締《し》め、前掛《まえか》けの蔽膝《へいしつ》の緋色《ひいろ》と、半臂の裾《すそ》から覗《のぞ》く紐飾《ひもかざ》りである綬《じゅ》の緑が装いの華《はな》やかさを引き立てながら、伝統的な落ち着きを与えていた。

ふと彩華は、纏まりのない言葉を連ねる幼馴染みを見上げて朗清の言葉を思い出す。

「それより相真、戦場で陛下と出会っていたなら、教えてくれても良かったと思うの」

「それよりって……。いや、出会ったなんてもんじゃないだろ。こっちは必死で敗走してんだぞ？　星斗見ると騒《さわ》がしくなるのは知ってたけど、龍馬《りゅうま》の将なんて呼ばれてたのも初耳だ」

相真は凛々《りり》しい顔つきを不機嫌そうに顰《しか》めて言った。

首の後ろまで長く布の垂れた幅巾《ふっきん》を被《かぶ》る相真の髪《かみ》は赤みが強く、特徴《とくちょう》的な模様のある星斗に乗っていれば印象にも残るだろう。

龍馬、的盧《てきろ》馬《ば》と呼ばれた星斗を借り、戦場に立った武官はこの相真だ。朗清が皇帝となった後も、国軍はそのまま残されたので、相真は今も宮城に仕えている。

「武官って言っても、軍事の文官でしかないから、戦場には立たないなんて言っていたのに。どうして相真と星斗が見覚えられるようなことになったの？」

「……俺が管理する兵糧《ひょうろう》も、非戦闘員《ひせんとういん》も全て置き捨てて、将軍が逃《に》げやがったからだよ」

彩華は詳《くわ》しく聞こうと見上げたが、渋面《じゅうめん》になった相真のほうが先に言葉を発した。

「もう終わったことはいいだろ。それより、彩華さま。春霞宮も地位も据え置きになったはいいけど、このままってわけにはいかないぞ？」

「ええ。陛下は、私がいなければ珍獣を、いえ、欲《ほっ》する瑞獣《ずいじゅう》を御《ぎょ》しきれないと見て、廃園《はいえん》にすることを保留なさったにすぎないのよね」

春霞宮を存続させる理由が朗清にはなく、公主として与えられていた禄《ろく》がなければ彩華も春霞宮を維持できない。

このままなら、いずれ珍獣の飼育は破綻《はたん》する。

幼馴染みであり二つ年上の相真は、職を得て春霞宮を離《はな》れた今も、彩華の悩《なや》みに耳を傾《かたむ》け、共に解決しようと親身になってくれていた。

彩華はそんな相真を見上げて、自らも成人した大人として判断すべきだったと後悔《こうかい》する。

「…………いっそ、後宮入りを受けていたほうが良かったのかしら」

「はぁ……？　なんでそうなるんだ？」

声を裏返らせる相真の激しい反応に、彩華は頬《ほお》に手を添《そ》えて考えを伝えた。

「後宮に入れば、妃嬪《ひひん》として禄が貰《もら》えるでしょう？　生活の保障がされるなら、禄は全て春霞宮に残す珍獣たちの世話に充《あ》ててもらったほうが、良かったかと思ったのだけれど」

「いや、ここはどうあっても潰《つぶ》すって話だったんだろ？　だったら延命にしかならないし、だいたい、瑞獣だけ後宮で飼うなんて無理だってわかってるだろ」

共に珍獣を育てたからこそ、相真は朗清の提案の問題点を指摘する。

「……瑞獣と言えば白虎《びゃっこ》も、そうよね」

「あと、百獣の王と言われる獅子《しし》な。瑞獣しか受け入れないなんて言うなら、猛獣従《もうじゅう》えてから言ってみろって。ま、珍獣の名簿渡《めいぼわた》したなら、なんで宮城じゃなく離宮《りきゅう》に隔離《かくり》したか理解して、今頃《いまごろ》頭抱《かか》えてるんじゃないか？」

いい気味だと言わんばかりに、相真は笑った。

朗清たちが聞いた虎《とら》の声は、四神とも呼ばれる白虎なのだ。

実は庭園の中にはあの時、虎と獅子が逃げ出していた。

たとえ生まれた時から世話をする彩華であっても、猛獣に襲《おそ》われる可能性はある。春霞宮でことなきを得ているのは、彩華が珍獣と暮らす中で確立した飼育方法を実践《じっせん》しているため。

この春霞宮でなければ猛獣を御しきれないと知らず、朗清は命じていたのだ。

「ちゃんと説明ができたら良かったのだけれど、慌《あわ》ててしまって……。祖廟守《そびょうもり》なんて言い訳しか出てこなかったの」

咄嗟《とっさ》のこととは言え、何故《なぜ》祖廟守なのかと、今さらながら彩華は懊悩《おうのう》する。

もちろん、祖廟守になりたいという彩華の意志表明に対しても保留が言い渡されていた。

「いや、それは断って正解だ。使えそうだから後宮に入れてやるなんて、そんなふざけた申し出、叩き返して蹴《け》り入れてもいいくらいだ」

「相真、そんなことを言ってはいけません」

普段《ふだん》よりも激しい語気に、彩華は窘《たしな》めるが、相真は拳《こぶし》を握って反論する。

「いいや、彩華さまは春霞宮から離れたことがないから、危機感薄《うす》いんだ。禅譲《ぜんじょう》こそ無血で済んだが、まだ乱世は終わってない。武装を解かない小国もあれば、禅譲を不当と非難して不羈《ふき》を表明する国もある」

「まぁ、藍陽の外ではそんなことが？」

彩華は生まれこそ後宮だが、目も開かない内にこの春霞宮へ母と共に移った。用件があれば人がやって来る公主という地位のため、春霞宮の外も満足に歩いたことはない。

そんな彩華は都の様子にさえ疎《うと》く、共に住む老人たちから噂《うわさ》を聞くか、こうして相真から伝え聞く話でしか、春霞宮の外を知らなかった。

「先帝《せんてい》の時から続発した地方での農民反乱は、秋の収穫《しゅうかく》を前に自然終息したんだけどな。根本的な争いの火種は、王朝交代だけで消えるわけじゃない」

皇帝を頂点とした国土の中に、自治を許された国が存在し、国には王が据えられている。皇帝の近親者は王として領地を治めていたが、王朝の交代によって葉氏の王は罷免《ひめん》された。

葉氏の王がいなくなった今、王を名乗って己《おのれ》の国を保つのは、かつて葉氏が王朝を建てる際、勲功《くんこう》をもって王位を得た功臣。世襲《せしゅう》を許され長く王として領地を守るため、一代限りの葉氏の王と違《ちが》って下手に王位を奪《うば》おうとすれば、国一つが敵に回ることになる。

「何より今地方じゃ、国境付近で異民族に占領《せんりょう》されてる地域もある。このまま手を打たないと、また地方の反乱が始まるぞ。そんないつ潰れるかわからない後宮に入ろうなんて考えるな」

強い言葉で反対する相真は、拳を握っていない片手で石卓を叩《たた》く。

「それに、無血開城って言っても、軍事力で脅《おど》し取っただけっていう見方する奴《やつ》もいる。藍陽の奴らも、田舎《いなか》からよくわからない将軍がやってきて、先帝追い払《はら》って新しく皇帝になったらしいなんて、曖昧《あいまい》なまま冬に占領、春に即位《そくい》して半年だ」

「そんな……、陛下はこの半年、能吏《のうり》を得ようと広く採用の手を広げていると——」

「能吏を得たとして、それを上手く使えるかは別問題だ。都入りしてから、陛下が率いてきた兵の一部が、夜市なんかで乱暴狼藉《ろうぜき》を働いてるって噂もある。先帝の時はそりゃ、藍陽の市政に回す金渋《しぶ》ったなんて不満言う奴はいたけど、今の皇帝は軍を連れてるってんで文句を言うことすら憚《はばか》るようになってる」

「今日見た兵は、私語は多かったけれど陛下の下《もと》に統制されていたように見えたのに」

「側《そば》近くに置いてるなら、それだけ陛下の息に染まってる精兵なんだろ。それより下が問題ってことだ。人を上手く使えないんじゃ、皇帝を名乗る資格自体怪《あや》しいかもな」

「けれど、地方の混乱を収めるために改革に前向きなお方だと……。だったら、時と共に兵の横暴も鎮《しず》められるのではない？」

「なんか妙《みょう》に肩《かた》持つな、彩華さま……」

何処《どこ》か拗《す》ねたように呟《つぶや》く相真に、彩華のほうこそ困惑《こんわく》してしまった。

「……能吏の登用も、改革の動きも、前王朝からの旧臣や戦った国軍を許して今なお職務を全うさせる恩情ある指示も、全《すべ》てあなたが私に教えてくれたことでしょう？」

朗清が皇帝として立った時、悪いようにはしないはずと言って慰めてくれたのが、相真なのだ。そう指摘した途端《とたん》、相真は耳を赤くして口籠《くちごも》る。

当時は武官である相真の身も心配だったが、彩華は都を追われ、遠くへ行ってしまった叔父《おじ》である先帝の身も案じ、不安が尽《つ》きなかった。

半年が経《た》ち、葉氏には身分を失った者もいるが、葉氏であるというだけで粛清《しゅくせい》された者はいない。相真が言うとおり、軍を率いて皇帝となった朗清だが、何ごとも力尽《ちからず》くで推《お》し進めるような暴の者ではないと、彩華は納得《なっとく》し、今日を迎《むか》えたのだが。

「は……っ。相真、あなた。宮城で何か異変でもあったの？　あなたの功労を何一つ評価しない上司がいると言っていたわね。あの方と何か、いえ、あの方を陛下が重用する動きでも？」

心底心配して想像を飛躍《ひやく》させる彩華に、相真は手で顔を覆《おお》って上を向いてしまった。

「後宮入りって、つまりは、求婚《きゅうこん》されたんだろ……。そこらへん、そんなすんなり受け入れるのかよ…………。そんなに、あの皇帝、気になってんのか？」

呻《うめ》くような相真の問いに、彩華は意図がわからず小首を傾《かし》げた。

「姉上方は、十五で簪《かんざし》を挿《さ》すと同時に結婚なさったでしょう？　私も、そういう話が来てもおかしくない歳《とし》だと、思うのだけれど」

「そうじゃなくてぇ……」

今度は石卓《せきたく》に両手を突《つ》いて項垂《うなだ》れる相真。赤狐《あかぎつね》が下から相真を見上げた後、毛繕《けづくろ》いをするように前足を上げる。その姿は何処か、忍《しの》び笑いを漏《も》らす人間のようだった。

彩華は気になったが、今の状態では聞いても答えてはくれないだろうとぼんやり考える。

「誰《だれ》でもいいのかよ、彩華さま？　その、結婚したい相手の理想みたいなもん、ないの？」

「そうね、考えたことがないわ。先帝陛下がお命じになった方に降嫁《こうか》するものだと思っていたし。相真に言われるまで、緊張《きんちょう》がすぎて求婚されたという意識がなかったもの。ただ……陛下への輿入《こしい》れには、今回のことで少し、恐《おそ》ろしく思う部分があるわ」

残す珍獣《ちんじゅう》への心配もあるが、ふと見せる冷淡《れいたん》な眼差《まなざ》しや身に纏《まと》う張り詰《つ》めた空気が、拒絶《きょぜつ》されているようで近寄りがたい。

そう彩華が零《こぼ》すと、項垂れていた相真は途端に顔を上げた。

「うん、そうだ。どうせ彩華さまを後宮にって言ったのも、瑞獣《ずいじゅう》を手に入れるついでだし、葉氏の妃を迎えれば、禅譲が平和的に行われたって宣伝になるし。そんな打算で命じられた婚姻《こんいん》、結ばないほうが正解だ！」

一変して元気になった相真に、彩華の困惑は深まるばかり。

「そうか、結婚自体に忌避《きひ》感がないし、相手に大きく望むこともないなら、俺も…………」

相真が口早に呟くと、音もなく背後に忍び寄る老趙が、皮の厚い手で腰《こし》を叩き払った。

「痛……っ、てじいちゃん。いきなり何するんだよ。その音消して近づくのやめてくれよ」

孫の泣き言に、古強者《ふるつわもの》である老趙は鼻を鳴らす。片手には、今回の珍獣脱走《だっそう》のもう一匹《びき》の首《しゅ》謀《ぼう》者である、茶虎の猫《ねこ》をぶら下げていた。

許しを請《こ》うように高くか細い声を上げる猫を無視して、老趙は白くなった眉《まゆ》を上げた。

「なぁにを身分不相応な妄言《もうげん》を吐《は》くか、和正《わせい》。そんな夢はな、軍に趙和正ありと謳《うた》われるくらいになってから口にしろ！」

「……じいちゃん。身分弁《わきま》えて諦《あきら》めろとは言わないんだな？」

何やら祖父と孫で、熱く視線を交《か》わし始める老趙と相真。

老趙の手元では、首根っこを摑《つか》まれた猫が、怒《おこ》られるとわかっているらしく、子猫のような声で解放を求め続けていた。

幼い頃《ころ》から男同士の話とやらをすることのある祖父と孫なので、彩華は特に口を挟《はさ》まず仲の良い姿から視線を外す。

相真の足元では、赤狐が不貞腐《ふてくさ》れた様子で伏《ふ》せていた。

「ふふ、まるで昔の私と相真みたい」

彩華は幼い日、一度だけ相真に連れられ大人に黙《だま》って外へと出たことがある。

相真の友人と遊ぼうとしたのだが、それまで春霞宮から出たことのなかった彩華は、知らない子を怖《こわ》がって泣いて帰ってしまったのだ。

春霞宮から抜《ぬ》け出した上に泣いて帰ったことで母は狼狽《ろうばい》し、老趙は赫怒《かくど》して二度としてはいけないと叱《しか》った。老趙のお説教を前に、相真は何も悪いことはしていないと不貞腐れ、彩華は気持ちを言葉にもできず泣き続けていたのを覚えている。

ただ友人と遊ぶために引き合わせた相真の気遣《きづか》いを無下にした上に、上手《うま》く相真を庇《かば》えずにいた自分が情けない。

そう思えば、昔の自分たちに重なり、赤狐と茶虎《ちゃとら》猫を叱りにくい心境になってしまった。

彩華は過去の罪悪感と現状への気落ちを紛《まぎ》らわすように、傾《かたむ》き始めた太陽を見つめる。

春霞宮の存続や公主としての身の振《ふ》り方、危険な悪戯《いたずら》をした猫と狐の叱り方など、頭を悩《なや》ませる問題の多さに、彩華は一人長嘆息《ちょうたんそく》を繰《く》り返した。

三重の城壁《じょうへき》に囲まれた都の中、一番内側に築かれた城壁は、皇帝の住まいを守る防御《ぼうぎょ》の要《かなめ》。

水運を発達させた藍陽には、古都のような条坊《じょうぼう》の壁《かべ》はない。その代わり、血管のように張り巡《めぐ》らされた水路と橋が大小幾《いく》つもあり、皇帝の住まう居城の周辺には大きな濠《ほり》と半円を描《えが》く白い橋が造られていた。

比して宮城は伝統的に造られており、左右対称《たいしょう》で整然と官庁が並んでいる。

中でも宮城の中央に位置し、金色に塗装《とそう》された瓦《かわら》屋根が腕《うで》を広げるように天へと伸《の》び上がる建物は威容《いよう》を誇《ほこ》った。皇帝《こうてい》の執政《しっせい》の場である宮殿《きゅうでん》は、紅、藍《あい》、金と彩色《さいしき》も鮮《あざ》やかに贅《ぜい》を凝《こ》らした装飾《そうしょく》が目立つ。

そんな華美《かび》な宮殿の中、紫檀《したん》の椅子《いす》に座る朗清は、落ち着かない様子で座り直した。

「まだ慣れませぬか、陛下？」

必要な書簡を、山と積まれた巻物の中から探す安世の問いに、朗清は苦笑《くしょう》を返した。

「使えればいいという態《てい》で、壊《こわ》れてもいいような家具しか使ってこなかったからな。どうも武骨な俺には居心地《いごこち》が悪い」

材料も装飾も造りも、全てが一級とわかる調度に囲まれ、安世と故国から共に戦った側近しかいない気安さにそう心中を吐露《とろ》した。

朗清の愚痴《ぐち》に、安世も皮肉な笑《え》みを浮《う》かべて応じる。

「先帝の趣味《しゅみ》で、調度はほぼ一新されていますので、文句ならばどうぞ先帝へ」

決して調度の趣味が悪いというわけではない。どころか、一級品とひと目でわかる確かな芸術性と統一感は、皇帝の執務室としては文句のつけようがない。

問題なのは、これだけの調度を揃《そろ》えるために、先帝が国庫を浪費《ろうひ》したという事実だった。

「こんな物に金を注《つ》ぎ込むくらいなら、国軍に回して反乱や異民族の侵攻《しんこう》を止める一助にでもすればいいだろうに」

朗清は今、地方の軍から送られて来た陳情《ちんじょう》に目を通している。何処も物資が足りないこと、士気の低下が著《いちじる》しいこと、兵の疲労《ひろう》が激しく防衛さえままならない苦境が綴《つづ》られていた。

「改革が動き出す前に、国土は三分の一消失するんじゃないか？」

朗清はあえて他人《ひと》ごとのように冗談《じょうだん》めかすが、あまりの笑えなさに本人も渋面《じゅうめん》となる。

何処《どこ》も逼迫《ひっぱく》している。先帝の悪政を乗り切った今、もはや地方は体力の限界だ。中央から地方へと支援《しえん》を行い助けるべきだとわかっているが、中央にもそんな余裕《よゆう》はなかった。

「労役《ろうえき》の免除《めんじょ》、納税の免除、開墾《かいこん》の奨励《しょうれい》、防備拡充《かくじゅう》、国軍の派遣《はけん》」

「どれも、先立つものがありませんな」

つまりは、金だ。

そうして愚痴は、最初の調度への文句に戻《もど》る。

「いや、問題はこの藍陽から動けない現状、か……」

朗清は進退窮《きわ》まった地方の戦線の様子に目を落とし、嚙《か》み締《し》めるように呟《つぶや》いた。

将としての経験を積んだ朗清なら、窮地《きゅうち》に陥《おちい》った地方へ軍を率いて支援に向かえる。直《じか》に目で見れば、戦場における一番の問題点を洗い出すこともできるだろう。

芸術的な机に向かって文字を追うことの、なんともどかしく雲を摑むような実感のなさか。

そんな摑めないものの最たるものとして、脳裏《のうり》に浮かぶ人物がいる。

「……葉士倫《ようしりん》……」

本心の見えない笑みを浮かべた先帝の子息を思い描けば、安世も苦々しげに言った。

「全く面倒《めんどう》ですな。まさか奢侈《しゃし》に溺《おぼ》れた葉氏で、科挙に合格できる頭脳の持ち主がいるとは」

安世が顔を顰《しか》めるのは、己《おのれ》よりも若く、一度の受験で科挙という難関を突破《とっぱ》した相手への嫉《しっ》妬《と》以上の感情による。それは怨恨《えんこん》だ。

地方で暮らした朗清も葉氏に対する思いは同じで、苦々しげに口角が下がっていた。

「政治の中心に葉氏が残るのも面倒だが、地方に出して勝手をされるのも困る。その上、この人手の足りない中で能力だけはあるから、使えないことが腹立たしい」

朗清が己の心中を口に出せば、安世も同じ考えであるらしく、さらに嫌《いや》そうな顔をした。

「あれはとんだ毒蛇《どくへび》ですぞ。大人しい今は暗がりに隠《かく》れて獲物《えもの》を狙《ねら》っているにすぎません。陛下の即位《そくい》からすぐには、自滅《じめつ》しそうな旧臣たちもいたというのに。あの葉士倫が及第《きゅうだい》してから、明らかに動きが変わりました」

科挙とは、生まれの貴賤《きせん》に拘《かかわ》らず、誰にでも官僚《かんりょう》への道を開く登用試験だ。もちろん元宗室にも科挙を受ける権利はあり、科挙で合格したからには登用しなくてはならない。

「これでは、なんのために葉氏を廃《はい》したかわからないな」

一将軍である朗清が王に望まれるほど、地方は荒《あ》れていた。

故国を守るには皇帝という上位者に問題を突《つ》きつけ、改善を強要しなくてはならない。そう思い決めて朗清は軍を起こした。

「俺は故国を、延《ひ》いてはこの国を救うために軍を発して藍陽を包囲した。結果、こうして己の手で国を導けるようになったはずが、ままならないな。……だが、この程度で国を、民《たみ》を、命を諦めるつもりはないぞ」

朗清は宙に伸ばした手を、決意と共に握《にぎ》り締める。

揺《ゆ》るがない決意に、安世も強く頷《うなず》いた。

とは言え、事態は深刻だ。冬に悪政を敷《し》いた葉氏を排除《はいじょ》し、春に即位してからは改革に突き進むつもりだったが、秋を前にした今、現状を打破する手が打てなくなっている。

足並みを揃えた旧臣は、よりによって改革の準備をする安世の邪魔《じゃま》を始めたのだ。

一人ずつが勝手に動くなら切り崩《くず》すのも楽で、補充《ほじゅう》人員の確保も少しずつでいいが、団結されてはそう簡単に排除もできない。

先日の朝議では、安世が提出した改革のための法改正の草案を、誤字があるというだけで審《しん》議《ぎ》拒否《きょひ》をして叩《たた》き返した。

安世の後ろには皇帝がいるので、やっている邪魔は改革を遅《おく》らせる程度のもの。ただ、地方がいつ倒《たお》れるかわからない現状、改革の遅延《ちえん》は朗清の治世を揺るがす可能性も十分にあった。

「勇将である陛下が自ら兵を率いて地方へ向かえば、戦意高揚《こうよう》、地方の活性化、治安回復など解決できる問題は幾つもあるというのに」

「それをさせないために、宮城の中に不穏《ふおん》分子を維持《いじ》していると考えるべき、か」

「さらに面倒なのは、都の人間の度し難《がた》さですな。わたくしは葉氏の悪政が身に染《し》みておりますが、ここは先帝がおりました。住む場所にまで無体を働くほどではなかったのがなんとも」

先帝の悪政は疑いようがない。ただ、その被害《ひがい》に遭《あ》った者は誰《だれ》かと言えば、地方の民なのだ。わかりやすく言えば、藍陽のような大都市などは先帝の悪政による影響《えいきょう》が薄《うす》いまま今に至る。

「地方では反乱が起こるほど怨嗟《えんさ》の声が上がっていたにも拘らず、藍陽は俺が軍で包囲を敷くまで日常が保たれていた。藍陽の人間からすれば、俺はならず者なのだろう」

先帝の悪政による反乱の噂《うわさ》は都にも届いている。ただ、実際被害に遭っていない藍陽の人間は先帝を恨《うら》む気持ちなどなく、朗清という新帝に対する不信の声さえ聞こえるほどだ。

「……いっそ、道理を弁《わきま》えない旧臣が、陛下に喧嘩《けんか》を売ってくれませんかね」

安世の冗談に、朗清も室内にいる側近も笑った。

「その時には喜んで買ってやろう。うるさい旧臣も排除できて、家財を押収、国庫を補塡《ほてん》。こちらとしては何も困らない。いや、人手が足りなくなるのは問題か」

「改革の足を引っ張ることに心血を注ぐ害悪は、いなくてよろしいかと」

目を据《す》わらせる安世は半分本気だろうが、理性的な意識の半分ではそうなった時、自身が過労で倒れることもわかっているのだろう。

ここのところ安世はまともに食事の席についていない。腹持ちのいい小麦粉の焼き菓子《がし》を合間に食べているだけだと、朗清は知っていた。

「あんなのでも、旧臣たちは国を運営するためには欠かせない人手だ。今切り捨てては傾きかけているこの国が立ち行かなくなる。……とは言え、現状を維持するだけでは、近い内にまた農民反乱が起こるだろう」

軍を率いた朗清は、戦争で最も死にやすいのが徴兵《ちょうへい》された民だと知っている。その民が守られもせず死ぬだけだと現状を悲観すれば、死ぬ気で国に牙《きば》を剝《む》くことも知っていた。

この都で生まれ育った先帝は、そうした決死の民に追われたと言ってもいい。

皇帝を守るはずの国軍が、地方で続発した農民反乱を鎮圧《ちんあつ》するため疲弊《ひへい》していたのだ。優《すぐ》れた将軍とは言え、朗清が連戦連勝を続けられたのは、戦った時すでに国軍の機能が低下していたことによる。

「明日は我が身、か……。藍陽では最初からあまり歓迎《かんげい》されていないというのに、妙《みょう》な噂が聞こえるのは、俺への不満の表出だろうか？」

人手が足りず、皇帝自ら物資補充の優先順位を書き出し清書に回しながら、朗清は呟く。

「噂？　あぁ、あの陛下の兵が狼藉《ろうぜき》を働いているというものですな。しかし、あれは実のない噂ではありませんでしたか」

「そうだ。配下は全《すべ》て調べた。噂の元にならぬよう、宮城からの妄《みだ》りな外出も禁じている。夜市での騒《さわ》ぎに関わった者がいなかったのは確かだが、何故《なぜ》か噂は消えない」

新帝に対する不満を、実のない噂で発散しているのかと考えた朗清だったが、安世は厳しい表情を浮かべた。

「確か、調べを行った結果も、夜市には通達したはずですな？　それでも消えないとなると、何者かが故意に噂を流布《るふ》している可能性がありましょう。新手の改革妨害《ぼうがい》かもしれませんぞ」

朗清の周囲にいる者の評判を落とし、朗清自身にさえ不信感を抱《いだ》かせる。回りくどいが、改革を遅延させ、先帝時代から続く賄賂《わいろ》の供給源を保ちたい旧臣からすれば悪い手ではない。

要は、また農民反乱が起こって朗清の治世を揺るがすまで時間を稼《かせ》げればいいのだから。

その後、国が滅《ほろ》びるような凄惨《せいさん》な状況《じょうきょう》が訪《おとず》れることなど想像しない、現状を維持できればいいという、発展性も危機感もない旧臣なら、やりかねない手だと思えてしまう。

「頭の使い方を、間違《まちが》っているだろ……っ。いったい奴《やつ》らはなんのために士大夫になった？　民草の死に絶えた荒野《こうや》の国になんの意味がある」

思わず吐《は》き捨てた朗清に、その場の誰もが頷く。

「はぁ…………、皆《みな》には苦労をかける。これも、俺の人徳のなさか」

皇帝となった今、朗清は切実に能力のある人間を欲《ほっ》していた。

戦う能力ばかりを見て周りに人を集めていた過去の自分を、非難したくなるほどだ。

「陛下、胸中察して余りあることではございますが、お言葉はお選びくだされ。決して、現状は陛下の不徳などではございませせぬぞ」

信頼《しんらい》できる文官がいないため、一番の皺《しわ》寄せを食っている安世が、責めるでもなく窘める。

朗清は今さら過去を悔《く》いる不毛さに苦笑《くしょう》し、威厳《いげん》づけに似合わない顎髭《あごひげ》を生やして、なおも旧臣たちに立ち向かう安世を見た。

「安世、改革は、お前が頼《たよ》りだ。この国を死なせないため、やり遂《と》げるぞ」

「わかっております。わたくしも陛下に上奏した理想を現実にするためいるのです。まだ準備段階。こんなところで折れるわけにはまいりませんぞ」

戦場に立ったことはないと聞く安世は、それでも目に闘志《とうし》を湛《たた》えていた。

皇帝《こうてい》となった朗清は、政治を任せられる人材がおらず、能吏《のうり》を募《つの》った。

科挙に合格した士大夫なら、中央地方を問わず、隠居《いんきょ》した士大夫にまで広く上奏を募って選び出したのが安世だ。

安世は地方官吏で、先帝の悪政に各地が荒れる中、管轄《かんかつ》地域を荒らすことなく守った実績があった。何より朗清が目を留めたのは、改革の断行を強く推《お》し、必要な道筋と何故必要であるかを地方にいるからこその経験で説得する、文面からさえ感じられる熱意のためだ。

「今が苦しくとも、これも天命でしょう。陛下こそ、皇帝となるべきお方と、天が助けた証《あかし》。そうでなければ、皇帝の悪政で国軍が疲弊し、大臣は権力を失い、側近さえも発言権を失《な》くすなどというふざけた事態にはなりませぬ」

思わず、朗清は笑ってしまった。

安世の言葉は、まるで先帝が望んで国を滅ぼそうとしていたようにさえ聞こえる。

皇帝となる準備が不足していながら、朗清が皇帝となれたのは、先帝の周囲に禅譲《ぜんじょう》を止めることのできる者がいなかったからだ。そうした者たちを、先帝は悪政によって疲弊させた。

帝位を望む葉氏の王も、先帝以上に力を持つ後見はおらず、先帝の独断で禅譲は行われたのだ。だからこそ、先帝は己のみが可愛《かわい》いと揶揄《やゆ》される。

「葉氏などに天下の裁量を任せるのは、もはや天に背《そむ》く行いですぞ」

安世が葉氏を嫌《きら》うのは、地方官吏をしていた時分に辛酸《しんさん》を舐《な》めさせられた実体験からだ。その分、清廉《せいれん》であろうとする意志が強く、翻《ひるがえ》って発言が嫌《いや》みにもなる。

ふと、朗清は昨日会った公主を思い出す。

朗清には拒絶《きょぜつ》するような硬《かた》い表情しか向けなかったが、珍獣《ちんじゅう》に触《ふ》れている時には、純粋《じゅんすい》な少女らしく目元を緩《ゆる》めていた。

「そうか、従兄弟《いとこ》同士か」

士倫と彩華の関係を思い描《えが》き、朗清は苦笑する。

「葉氏は癖《くせ》が強いな」

「そんな可愛いものではないでしょう。陛下もあの離宮《りきゅう》に飼育された珍獣の名簿《めいぼ》をご覧になったではありませんか」

「あぁ……、あれか…………」

げんなりとした安世の声に、朗清も目を通した時には頭を抱《かか》えた文字の羅列《られつ》を思い出す。

「虎《とら》に、獅子《しし》に、熊《くま》に、狼《おおかみ》……。しかも狼以外は番《つがい》で献上《けんじょう》されていたとは、なんの冗談《じょうだん》だ？」

「都で猛獣《もうじゅう》が繁殖《はんしょく》していたとは、いやはや……。すでに番は三、四十年の月日で寿命《じゅみょう》が尽《つ》きていたのが幸いですな」

彩華が提出した記録には、いつ繁殖行動があったか、何頭が生まれ、何頭が育ったかという観察記録もあった。

先帝の時代に番が献上された記録はなく、今いる珍獣で打ち止めとは言え、猛獣が都の城壁《じょうへき》の中に暮らしていることは変わらない。

「さすがに公主自身が猛獣の相手をしているとは思えないが、あそこで暮らしていてなんともないのか？」

「そう考えると、あの老人たちの誰《だれ》かが猛獣を？　元公主さまを後宮入りさせる際には、世話係として引き抜《ぬ》いたほうがいいかもしれませんな」

「なんだ、安世。諦《あきら》めていないのか？」

「白虎《びゃっこ》に百獣の王ですぞ？　これほど衝撃《しょうげき》的で見るだけでも印象強い逸材《いつざい》、使わぬほうがどうかしております」

人の悪そうな顔で笑う安世は、きっと足を引っ張ることに一致《いっち》団結する旧臣たちの恐怖《きょうふ》に慄《おのの》く姿を思い描いているのだろう。

朗清としても、珍獣の強烈《きょうれつ》な印象で旧臣が足並みを乱すなり、小うるさい言いがかりを黙殺《もくさつ》できるなりの大義名分になるなら、猛獣くらい宮城に招き入れてもいい。

「最初から準備不足で打てる手は少ない。ならば、使えるものはなんでも使わなければということか。となると……、あの公主の頑《かたく》なな態度をどうにかするしかないな」

「わたくしとしては、陛下が珍獣を手懐《てなず》けるほうが早いかと」

自身は動物を得意としていないというのに、安世は難題を振《ふ》ってくる。

ただ、朗清も珍獣を相手にしているほうが楽かもしれないと、考えなくはない。脳裏《のうり》に思い浮《う》かぶのは、冷たく従順さなど感じさせない彩華の表情。

「……身内を追った相手だ。反発があるのも当然、か」

受け入れられない心中は理解するが、朗清も国を背負うからには引けない信念がある。

朗清と安世が鋭《するど》く視線を交《か》わすと、皇帝の執務《しつむ》の間に飛び込んでくる無礼者がいた。

「陛下、大変です！　葉士倫が春霞宮の公主と接触《せっしょく》しました！」

「なんだと……？」

「怪《あや》しいですな。事前の調べでは交流はなかったはず。水面下で繋《つな》がっていたのやも？」

「あり得ることではあるな。もし、俺が直接公主に会ったことで、葉士倫の動揺《どうよう》を誘《さそ》えたのだとしたら？」

「なるほど。となると、やはりあの元公主さまの下《もと》に瑞獣《ずいじゅう》を置いておくのはもったいない」

「瑞獣を手懐けられるかは後だ。今は、葉士倫の尻尾《しっぽ》を捕《つか》まえに行くぞ」

朗清は機敏《きびん》な動きで紫檀《したん》の椅子《いす》から立ち上がる。

少しでも早く、国の安寧《あんねい》を得るため、じっとしてはいられなかった。


新帝が訪れた翌日、人の通わぬ廃園《はいえん》も同然の春霞宮に、また訪れる者があった。

切れ長の目に、薄《うす》い唇《くちびる》。物腰柔《ものごしやわ》らかく、繊手《せんしゅ》は白く優美で、何処《どこ》か女性的な美しさを持つ。

文人風の深衣《しんい》を纏《まと》っている人物の名は、葉理《ようり》。字《あざな》を士倫という。先帝の十一子にして、初めて顔を見る彩華の従兄《いとこ》だった。

「はぁ、はわわわ、世、世の中にこんなに美しい生き物がいたのですね……っ」

士倫は今、感極《きわ》まった様子で、彩華の髪《かみ》に隠《かく》れる双頭蛇《そうとうだ》を見つめている。

目は爛々《らんらん》と光り、唇は戦慄《わなな》き、双頭蛇に向けて伸《の》ばしかけた繊手は、触れれば消えてしまうことを恐《おそ》れるように体の前で止まっていた。

当の双頭蛇は、片方の頭は完全に彩華の後ろに隠れ、比較的好奇心《ひかくてきこうきしん》の強いほうの頭が身を引きながらも士倫を見つめて細い舌を出し入れしている。

朗清たちのように騒《さわ》がないのは、委蛇の伝承を信じていないか、単に隠れているため双頭蛇だと気づいていないのか。

「あの、この双晳《そうせき》は臆病《おくびょう》なので、あまり近づくと逃《に》げてしまうかもしれません」

「はぁ、はぁ、それは惜《お》しい。滑《なめ》らかで愛らしい姿を少しでも長く見ていたいというのに。あぁ、触れたいのに触れられない。もどかしい二律背反……。けれどそれも、またいいですね」

興奮のためか息が荒《あら》くなり始めた士倫は、先帝の託《ことづ》けでやって来たのだとか。都に取り残されることになった彩華の様子を、わざわざ見に来てくれたという。

士倫本人も生活が変わり、この半年訪《おとず》れることができなかったことを最初に謝られた。そんな相手を、少々取り乱したからと言って彩華は無下にはできない。

双晳に夢中な士倫を横目に、老趙が彩華の後ろで老女と囁《ささや》き合い始めた。

「いったい、この方は何をしに来たんだ？　彩華さまのことなどそっちのけではないか」

「いえ、この勢いで彩華さまに迫《せま》られても困りますよ。けどこの方、科挙に一発合格なさった才人、のはずでしょうに」

「なんとかと天才は紙一重《かみひとえ》と言うしなぁ。頭のできと性格のできは、必ずしも等しくはない」

「珍獣に興味を持ってくださる様子に嘘《うそ》はなさそうですし。葉氏のお血筋らしいとも？」

背後の会話を否定できず、彩華は苦笑《くしょう》した。その間に士倫の熱視線に辟易《へきえき》したのか、完全に襟《えり》から打掛《うちかけ》の背子の中に逃げ込む双晳。士倫は残念と言わんばかりに息を吐《つ》いた。

悲しげに肩《かた》を落とす士倫に、彩華は見ないふりもできずに声をかける。

「士倫さまは、爬虫類《はちゅうるい》に興味がおありでしょうか？」

「そうですね。考えてもみれば、蛇《へび》や蜥蜴《とかげ》の類《たぐい》を見たのはこれが初めてかもしれません。知識としては知っていましたが、これほど繊細な形に心躍《おど》る動き、艶《あで》やかな色つやをしているとは思いませんでした」

「でしたら、庭園にある爬虫類の飼育場所へご案内いたしましょう」

「是非《ぜひ》！　彩華どのは名のとおり見目も麗《うるわ》しいですが、その心映《こころば》えが最も美しいのかもしれないですね」

最初の印象は物静かそうだった士倫の興奮した声に、思わず笑ってしまう。その感情表現のわかりやすさに、彩華はあまり士倫を相手に硬くならずに済んでいた。

比して、昨日に引き続き様子を見に来ていた相真は、金烏館の端《はし》で顔を顰《しか》めている。幼い頃《ころ》から知る彩華は、相真が気に食わないとばかりに士倫を見ていることに気づいた。目顔で何か懸念《けねん》があるかと聞いても、相真は少し唇を尖《とが》らせるだけで首を横に振る。

彩華は気にしつつも、士倫を庭園へと案内した。

「これはなんとも野趣溢《やしゅあふ》れる。ふむ、もっと奇岩《きがん》の類を増やして、厳しい自然の風景を再現してもいいかもしれませんね」

「まぁ、士倫さまは造園に興味がおありですか？」

「芸術品はなんでも好きなのですよ。少々口うるさいと言われるくらいです。父の絵画の腕《うで》は当代随一《ずいいち》ですし、それを見て育ったためか求める基準が高いようで。僕の審美眼《しんびがん》を満足させる作品には、あまり出会えなかったのですが」

そう言って士倫は、目敏《めざと》く彩華の袖《そで》から欄干《らんかん》へ逃げようと頭を片方伸ばす双晳を見る。

「自然のまま、ありのまま、生まれたままで美しい。そんな生き物がいるとは……。僕もまだ、視野が狭《せま》かったようです」

慌《あわ》てて袖の中に隠れる双晳に苦笑し、彩華は二門閣から回廊《かいろう》を進み、庭園で一番立派な装《そう》飾《しょく》が施《ほどこ》された、観円殿《かんえんでん》という御殿《ごてん》に至る。

「この御殿は、正面にあります真円の池を眺《なが》めるために造られており、観円殿と名づけられております」

この庭園は、本来相当贅《ぜい》を凝《こ》らした造りとなっており、建造当時の姿を維持《いじ》できていたなら、見て回るだけでも目を楽しませるはずの物だ。

「この観円殿からの眺めは、先帝《せんてい》陛下もお気に召《め》していたのですが……」

母が存命の頃には、まだ離宮《りきゅう》の修繕《しゅうぜん》に充《あ》てるだけの禄《ろく》があった。その頃は少ないながらに先帝が訪れることもあったのだ。

「父は、直接ここへ来ていたのですか？」

「はい。と言っても、数えるほどですし、私が最後に拝謁《はいえつ》いたしましたのは、母が亡《な》くなった葬儀《そうぎ》の折です」

「……春霞宮にこれだけ素晴《すば》らしい生き物がいるなら、父も言ってくれれば」

思わずといった様子で漏《も》らす士倫に、彩華は足を止めた。

「士倫さまは、この春霞宮に珍獣《ちんじゅう》がいることをご存じなかったのですか？」

「えぇ、他《ほか》の兄弟も知らないのではないでしょうか。彩華どのの母君にこの春霞宮が与《あた》えられたことや、祖父が動物愛好家だとは知っていても、珍獣の飼育場になっていることまでは」

士倫は頬《ほお》にかかるしなやかな髪を避《よ》けつつ、苦笑する。

春霞宮で育ち、珍獣たちを育てた彩華は、知られていないという事実に言葉もない。

「彩華どの、父は珍獣に対してどのような感想を抱《いだ》いていましたか？　あの方のことですから、画題になりそうな珍獣を探したのでは？」

「いえ……、そのようなことは。あまり珍獣をご覧になっていなかったように記憶《きおく》しております。お話しされていたことと言えば、建物についてでしょうか？」

思い返してみれば、先帝は士倫のように飼育場所を見たいと言ったことはなかったように思う。特別興味を示した珍獣もいたようには思われない。

先帝と会った時分は幼すぎて、彩華も今まで思い出しもしなかったことだ。最後に会った時も母を亡くした悲しみで、慰《なぐさ》めの言葉をかけられたという曖昧《あいまい》な記憶しかない。

「彩華どのは父とどんな話をしたのですか？」

「……あまり。先帝陛下は母とお話しされるばかりで、私には一言二言お声かけいただくのみで」

ここ何年も会っていない上に、先帝が春霞宮にやって来た時、相手をしていたのは母だった。

まだ幼かった彩華は、挨拶《あいさつ》だけをしてすぐに下がっていたのだ。

「そう言えば……………、直接お声かけいただいた折、父の大事な珍獣を大切にしてほしいとお願いをされて……」

「なるほど。彩華どのに任せていたから、安心だったのでしょうね」

ふと思い出したことを口にすると、士倫は微笑《ほほえ》みながら、目はしっかりと背子の袖から顔を覗《のぞ》かせる双瞥を捉《とら》えていた。

「そうだと、嬉《うれ》しく思います。私も、今までお声かけいただいたことを忘れておりました」

言いながら彩華は、先帝にそう声をかけられてから珍獣の世話に手を出し始めたと気づく。

一つを思い出すと、紐《ひも》で繫《つな》がっていたように次々と忘れていた幼い日が蘇《よみがえ》った。

「母は、私が直接世話することに反対で。初めて爬虫類の世話をしたと知られた時には、とても怒《おこ》られました」

母は爬虫類と言うより、食虫動物が得意ではなかったのだ。すぐさま風呂《ふろ》に入れられ、母に手ずから洗われた記憶に思い出し笑いが漏れる。

反対する母が亡くなってから、彩華は珍獣の世話を本格的に始めた。それまでも老人たちを手伝い触《ふ》れる機会はあったが、世話に明け暮れる今では、珍獣が家族のようにさえ思える。

彩華が思い出に意識を向けていると、士倫も思い出し笑いを漏らした。

「僕も幼い頃は、危ないことをしてはいけないと、色んなことを止められましたよ」

「まぁ、士倫さまもですか？」

そんな話をしながら、彩華は観円殿の前を通り抜《ぬ》けて橋を渡《わた》る。真円の池に注ぐ小川を渡り、小部屋が五つ配された飾《かざ》り窓のある廊下《ろうか》に入った。

飾り窓は南向きにあり、天気の良い日は秋の迫るこの季節でも暑さを感じる。

「あぁ、今日は大人しくしていたの、大蜥蜴。いい子ですね。鰐《わに》蜥蜴も元気で、黒蛇《こくだ》も寝《ね》ているのですか？」

そう彩華が声をかけながら小部屋を開けると、無角の龍《りゅう》と間違《まちが》われた大蜥蜴が、長い尻尾《しっぽ》を引き摺《ず》りながら廊下に出てくる。鰐蜥蜴はすぐさま彩華に向かって走って来た。

そして蜷局《とぐろ》を巻いて寝ているのは、墨《すみ》のような光沢《こうたく》と夜を切り取ったような深い黒、彩華の腕よりも二回りほど大きな胴《どう》を持つ、黒蛇だった。

「この子は記録によりますと、網目錦蛇《あみめにしきへび》の卵から一匹《いっぴき》だけ産まれた変異種だそうです。毒はございませんが、締《し》めつけられれば骨が折れることもありますので、無闇《むやみ》にはお近づきになりませんよう――」

注意事項《じこう》を説明していた彩華は、士倫の異変に気づいて言葉を止めた。

士倫は両手で口元を覆《おお》い、目からは滂沱《ぼうだ》の涙《なみだ》を流していたのだ。

「……絶美…………っ」

苦しそうな息の下からそう呟《つぶや》くと、全身を戦慄《わなな》かせたまま動かなくなる。老趙たちと顔を見

合わせた彩華は、士倫が黒蛇に魅《み》せられたことだけはわかった。

「変な奴《やつ》……」

「相真、そんなことを言ってはいけません。きっと、泣くほど動物好きだったのでしょう」

相真も老人たちも頷《うなず》かないどころか疑うように首を傾《かし》げる中、重い足音が廊下に響《ひび》いた。

「あ、亀《かめ》が来ましたね。あれも爬虫類なのですが、士倫さま」

藻《も》を落とすのが嫌《いや》らしく、あまり触《さわ》らせてくれないため亀の種類は不明だ。聞くところによると、珍獣たちを飼育する前から池の主をしていたらしい。

亀は年齢《ねんれい》と共に大きくなり続ける。その大きな甲羅《こうら》から生えた藻を引き摺るさまは、まるで成長と共に得た緑の尻尾のようだった。

見知らぬ人物を訝《いぶか》しむように首を伸《の》ばす亀に、士倫はやはり、絞《しぼ》り出すような声を漏らした。

「……勇壮《ゆうそう》…………」

「ほら、やはり動物好きなのでしょう」

彩華が微笑む後ろで、相真たちは顔を見合わせて首を横に振《ふ》っていた。

たっぷり爬虫類《はちゅうるい》を眺めた後、その日は涙で前が見えないと惜《お》しみながら、士倫は帰って行く。

「結局何をしに来たんだ？」

皆《みな》を代弁した相真の呟きに、彩華は双皙を見つける前の士倫を思い出そうとする。

「先日いらした陛下が春霞宮を取り潰《つぶ》すという話をしているところで、双皙に気づかれて」

変わったことや困ったことはないかと近況《きんきょう》を聞かれ、朗清の訪《おとず》れを話していた時だ。その後は、明らかに挙動がおかしくなり、双晢から目を離さなくなった。

そう状況《じょうきょう》を口にしてみるものの、士倫が何をしに来たと明言することはできず。先帝の言いつけどおり、ただ様子を見に来ただけとも言える。

困惑《こんわく》しながらもあまり重く受け止めていなかった彩華は、その後、爬虫類を愛《め》でるために士倫が通ってくることになると、まだ知らなかった。

三章　貧《ひん》賤《せん》に素しては貧賤に行う

彩華は士倫が帰った後、前庭の端《はし》にある廏《うまや》にいた。

「今日は老趙じゃなく、私がこのまま毛並みも整えますから」

必要な道具を馬の囲いの横木に並べながら、含《ふく》み笑いで老趙がいない理由を聞かせる。

元来、珍獣は皇帝《こうてい》の所有物であるため、丁重《ていちょう》な扱《あつか》いが求められた。言葉をかけるにも気を遣《つか》う老人たちから世話を習い覚えた彩華は、春霞宮の珍獣全《すべ》てに丁寧《ていねい》な言葉遣《ことばづか》いで話しかけるのが癖《くせ》になっている。先帝から珍獣を頼《たの》まれたことも、影響《えいきょう》しているかもしれない。

「相真、武官になってから宿舎にいるでしょう？　それで老趙が、春霞宮に来る時間があるなら、たまにはご両親に顔を見せるよう言ったのです。そうしたら、老趙こそ息子《むすこ》夫婦《ふうふ》に顔を見せるべきだと相真が言って」

結局、渋《しぶ》る老趙を引き摺るようにして、相真が実家に連れて行くことになったのだ。

星斗が鼻面《はなづら》を近づけて瞬《まばた》きをするさまに、彩華は優《やさ》しく微笑む。

「老趙とご子息の仲が悪いわけではないのですよ？　ちょっと意地っ張りなのです」

優しく声をかけても、星斗は何処《どこ》か落ち着かない様子で耳を忙《せわ》しなく動かしている。

「昨日、今日とお客さまがいらしたのが、不安ですか？　大丈夫《だいじょうぶ》ですよ。私が、あなたたちを守りますから」

馬を拭《ぬぐ》うための布を握《にぎ》り締める彩華に、星斗とは別の鼻面が寄せられた。

「あぁ、ごめんなさいね。すぐに拭《ふ》きますから」

星斗の隣《となり》の囲いにいるのは、赤い毛並みに見上げるほど立派な体軀《たいく》の馬。春霞宮の外周を回る運動をし、今囲いの中に戻《もど》したばかりで、運動後の手入れを待っていた。

彩華が囲いに入ろうと、横木に手をかけた途端《とたん》、誰《だれ》かが叫《さけ》ぶような声が聞こえる。

気のせいではないようで、廏にいる珍獣《ちんじゅう》たちも大門のほうに向けて耳を立てていた。

「何かしら？　色んな音がしているような。これは……押し問答をしているの？」

士倫は今朝先触《さきぶ》れを出して突然《とつぜん》やってきたが、他《ほか》に来訪の予定などない。

朗清が軍と共に都へやってくるまで、治安は徐々《じょじょ》に、それでも確実に悪化の一途《いっと》を辿《たど》っていた。先帝が行った緊縮《きんしゅく》財政のために、藍陽の維持修繕《いじしゅうぜん》費を削減《さくげん》したことで、町と共に人の心も荒《あ》れているのだと老人たちは言う。

勇将と名高い朗清の盛名《せいめい》のためか、ここ半年ほどは物取りなどの被害《ひがい》も減ったように思っていたのだが。

「無闇に大門を開くような不用心なことはしないでしょうし。押し込み強盗《ごうとう》が正面から入ってくるというのも聞きませんよね？」

何ごとだろうと星斗へ話しかけている内に、騒《さわ》ぎは前庭の内部にまで移動している。馬たちも興奮して嘶《いなな》き、彩華も心配になって殿から出ることにした。

前栽《せんざい》と木立に隠《かく》された殿から、金烏館の前へと出た彩華は、阻《はば》もうとする老女の声と、それを叱《しか》りつける男の声を聞いて危機感を覚える。

足早に大門から金烏館へと繋《つな》がる曲廊に向かった彩華は、よく状況も見ず声を上げた。

「いったいどうし――？」

「あぁ、彩華さまなりません！」

切迫《せっぱく》した叫びに足を止めると、大門から曲廊を進んでいた黒い鎧《よろい》の兵が一斉《いっせい》に彩華を見た。

春霞宮を覆う壁《かべ》よりも高く、厚みのある屋根を戴《いただ》く大門からは、止めどなく黒い鎧の兵が流入している。大門から入ってすぐには破邪《はじゃ》のための真っ白な障壁《しょうへき》が設《しつら》えられていたが、押し寄せる黒い鎧の兵を退ける効果はないようだった。

「その声は、昭季公主か」

聞き覚えのある声に、彩華は血の気が引いて動けなくなる。

昨日聞いたばかりの声を聞き間違うはずはないが、気のせいであってほしいと願った。そんな彩華の願いも空《むな》しく、老人たちを押しのける兵の間から、安世を連れた朗清が現れる。

朗清も、彩華と目が合った瞬間《しゅんかん》、動きを止めた。

朗清の後ろで、安世の目が上から下まで彩華を眺《なが》め回す。いや、安世のみならず、その場に帯同された朗清の兵たちも、彩華の姿に目を疑っていた。

巾幗《きんかく》と簪《かんざし》で邪魔《じゃま》にならないよう纏《まと》めただけの髪《かみ》。動きやすい筒袖《つつそで》の上衣《じょうい》に、膝上《ひざうえ》を覆う前掛《まえか》け。その下には平民が穿《は》くような袴《こ》が見えていた。

決して公主には見えない作業着姿に、押し問答をしていた老人と兵も口を閉じている。

埒外《らちがい》の相手の姿に思考の止まっていた彩華は、肌《はだ》に刺《さ》さる視線を感じ、正気を取り戻した。

と同時に、その場にいる全員の視線が集中していると気づくと、羞恥心《しゅうち》によって体が震《ふる》える。

「ど、どうしていらっしゃるのですか！」

思わず叫んだ彩華は、両手で頰《ほお》を覆い顔を隠すと、すぐさま踵《きびす》を返して逃《に》げだす。

「…………あ、待て！」

状況判断が遅《おく》れてしまった朗清が制止の声を上げるが、彩華は顔から火を噴《ふ》きそうな羞恥に駆《か》られるまま、金烏館の前を走り過ぎて、廏に駆け込んだ。

途端に馬が警戒心《けいかい》剝《む》き出しで鳴く姿に、顔を上げる。

「あ、ごめんなさい、火球《かきゅう》。驚《おどろ》かせ、……て？」

落ち着かせようと声をかけたが、赤い毛並みを持つ火球は、彩華とは別方向を睨《にら》んでいた。

足音に振り返ると、廏の入り口には朗清が立っている。

「どうしていらっしゃるのですか！」

思わず同じことを叫ぶと、彩華は囲いから首を伸ばす火球の後ろに隠れるようにして朗清の視線から逃げようと無駄《むだ》な努力をする。

「いや……、いきなり走り出すから」

「ここは、へ、陛下がいらっしゃるような場所ではございません」

「元公主さまがいらっしゃる場所でもないでしょうに」

必死に朗清を遠ざけようとする彩華に、呆《あき》れの窺《うかが》える安世の言葉が投げかけられた。

安世は、辺りを見回しながら、一歩厩に入ろうとする。

途端に、火球は鋭《するど》い嘶きを上げて、大きく首を振って安世を威嚇《いかく》した。

見るからに肩《かた》を跳《は》ね上げて慄《おのの》いた安世の後ろで、朗清は何処か感心するような息を吐《つ》く。

「良い……。興奮させるほうが危ない」

そう言って、朗清は後ろにいるだろう兵を止めるよう手を振った。安世も後ろに下がるよう命じた朗清は、そのまま、警戒《けいかい》を解かない火球を思ってか、無闇《むやみ》に動こうとはしない。

彩華としては一つしかない厩の入り口から退《ひ》いてほしいが、朗清の目は火球に注がれたまま。

「昨日、気性《きしょう》の荒《あら》い馬がいると言っていたな。なるほど。年はいっているようだが、軍馬か」

どうやら体つきでわかるらしい朗清は、星斗を見ていた時と同じ熱心さで火球を見つめた。

「しかもその毛色。名高い赤兎馬《せきとば》か。本物は初めて見たな」

独り言のようにも取れる朗清の言葉に、彩華は答えるべきかを迷う。

本音を言えば、すぐにでも帰ってほしい。

少なくとも、こんな作業着のままで皇帝の相手をしていいわけがない。

せめてもっと早く来てくれていれば、士倫を迎《むか》えた時のまま、少しは見られた恰好《かっこう》をしていたのだ。

後悔《こうかい》とも苛立《いらだ》ちともわからない感情が、彩華の中で渦巻《うずま》き、ふと何故《なぜ》、朗清が春霞宮にいるのかという疑問が浮《う》かびあがった。彩華は帰ってほしい思いと共に、問いを向ける。

「へ、陛下。本日のご用向きは如何《いか》なものでしょうか？」

火球に目を奪《うば》われていた朗清は咳払《せきばら》いをして、まるで言い訳のように言葉を絞《しぼ》り出した。

「その……、少々あってな。都の見回りを行う最中だ。近くに来たので、寄ってみたのだ」

「保留にはしましたが、この離宮《りきゅう》は皇帝の持ち物。異議はありますまい」

朗清を補助するように顎《あご》を上げる安世だが、彩華の正直なところとしては、異議はある。女性の暮らす場所を訪《おとず》れる際、先触れもないのは無礼すぎるのだ。さすがに皇帝でも礼儀《れいぎ》を疎《おろそ》かにしては謗《そし》られるはず。

ただ彩華も人慣れしていないため、そのことを指摘《してき》していいのかがわからない。いっそ、皇帝なら許されるのだろうかと己《おのれ》の感覚を疑ってしまう。

答えの出ない疑問よりもはっきりしているのは、恥《はじ》の上塗《うわぬ》りは嫌《いや》だという心情。

火球に隠れたまま押し黙《だま》る彩華と、老人が侵入《しんにゅう》を拒《こば》んだ理由を邪推《じゃすい》して押し入った朗清。

殿には気まずい沈黙《ちんもく》が落ちた。

「…………と、突然来たのは悪いと思っている。まさか、そのような恰好とは思わず……」

なんとか言葉を絞り出す朗清だが、彩華としては言わないでほしいと切に願う。

そんな彩華の心中がさらに沈黙を重くし、朗清も何も言えず安世に目顔で助けを求めた。

「やれやれ……、こんな場面で頼《たよ》られても嬉《うれ》しくはありませんぞ。それで、元公主とは言え、そんなあなたさまがいったい廏《うまや》で何をしているのですかな？」

聞かれたからには答えないわけにもいかず、内心で自身を励《はげ》ましながら、現状を説明した。

「この火球は、私ともう一人にしか懐《なつ》かないのです。その一人が出かけているため、私が運動をさせましたので、世話をしようと……」

馬の近くを歩けば少なからず土がつく。

廏には藁《わら》が敷《し》いてあるため、中で世話をしようとするとどうやっても汚《よご》れるのだ。

まさか作業着姿を見られるとは考えも及《およ》ばず、彩華は恥ずかしさのあまり泣きたくなる。

「自ら珍獣の世話をしているのですかな？」

「……昨日も、そうお伝えしたはずですが？」

心を籠《こ》めて世話をすれば懐くと、猫熊《ねこぐま》を抱《だ》いて言ったはずだ。言ったと思ったのは記憶違《きおくちが》いかと、彩華は火球に隠れて自分を疑い始める。

「聞いたが、小動物の話だと思ったのだ。こんな軍馬までとは……まさか、猛獣《もうじゅう》も——」

朗清が息を呑《の》んで何かを言おうとした途端、火球が鼻面《はなづら》で彩華を押す。

「お待ちなさい、火球」

　運動後の汗《あせ》を拭う準備はしたものの、朗清たちの対応で止まっていた。火球は自分の世話をしろと、催促《さいそく》のために彩華へ鼻面を執拗《しつよう》に押しつけて来た。

「あぁ、運動後の手入れか。手を止めさせたようだ。世話に戻って構わない」

「陛下？　高《たか》が動物の世話と――」

「馬は繊細《せんさい》な動物だぞ、安世。汗をかいたまま放置すると、毛が傷《いた》むしな。それと、見るからにあの馬は気難しい。軍馬なら運動量も多いだろう。放《ほう》っておけば体調を崩《くず》す」

　朗清は馬を知っている様子で、安世のほうを窘《たしな》めた。

　皇帝《こうてい》自身から世話をしていいと言われた彩華だが、本当にしていいのかと迷う。本音としては、火球をこれ以上待たせるのも可哀想《かわいそう》だ。

　馬の世話に気持ちが傾《かたむ》いた彩華は、最低限言わなければいけないことに気づき、勢い込んで朗清に答えた。

「でしたら陛下は、金烏館でお待ちください」

「いや、このまま見せてもらう」

「……は、はい」

　即座《そくざ》に返される埒外の答えに、彩華は拒否《きょひ》する言い訳も思いつかず、肩を落とした。

　催促する火球の横では、星斗も囲いの横木の間から鼻を出して彩華を窺っている。運動のために外へ出るのを待っているのだ。

　安世は厩に居続けるのは嫌そうだが、朗清がいる限りいるだろう。当の朗清は興味を引かれた様子で入り口脇《わき》にかけられている馬具を見ている。

　彩華は考えるのをやめた。手早く世話を終わらせ、朗清を金烏館に連れて行くしかない。

「それでは失礼いたします」

　彩華は手短に断りを入れると、横木で区切られた囲いの中に入った。

　馬体をまず固く絞った布で拭《ぬぐ》う。火球は元軍馬であるため体が大きく、全身を拭《ふ》くだけでも大変な作業だ。

　作業に没頭《ぼっとう》して朗清たちの存在を忘れようとした彩華の思惑《おもわく》を知ってか知らずか、朗清が厩の入り口から声をかけて来た。

「この、火球というのか？　軍馬がどうして離宮に？」

「提出いたしました記録にも記載《きさい》されていたかとは存じますが、国軍で軍馬として育成され、適性があったため種馬となり、その役目も終える年齢《ねんれい》となって、処分されそうになったところを、軍で世話に従事していた者がこちらに引き取りました」

　軍馬の育成に従事していた老趙が、引き取って来たのだ。

　年齢的に種馬として不適となったはずなのに春霞宮に来てからも火球は元気に子を生《な》した。

　その内の一頭が星斗だ。

「あ、あぁ。…………猛獣の繁殖《はんしょく》に目を奪われてそこまで見てないな」

「そんなことも書いてあったような……。ただ、猛獣に霞《かす》んでしまいましたな」

何やら朗清と安世が声を潜《ひそ》めて囁《ささや》き合う。彩華は火球を拭くため、干し草を踏《ふ》む自身の足音ではっきりとは聞こえない。

囲いの中では厩の入り口は見えず、彩華は一心不乱に作業をすることでいつしか朗清の存在を頭の隅《すみ》に追いやっていた。

火球の体から汗を拭い、続いて毛並みを整えるために馬用の刷毛《はけ》を取ろうとする。すると、火球が彩華の体を壁《かべ》と挟《はさ》むように動いてしまったため、彩華は片腕《かたうで》を伸《の》ばした状態で動けなくなってしまった。

苦しいほどではないが、火球の赤い巨体《きょたい》で前が見えない。

「火球、動いてください。刷毛が取れません」

耳は彩華の声に反応して動いているが、言うことを聞かない。

昨日から警戒と不機嫌《ふきげん》で、運動中もあまり言うことを聞いてくれなかった。

世話を拒否するほどではないので、毛並みを整える内に落ち着くだろうと、彩華は横木の上に置いていた刷毛に手を伸ばす。

「これか？」

「ありがとうございま……」

伸ばした手に刷毛を渡《わた》され、彩華は返事をしようとして固まる。

火球の横から無理に見ると、いつの間にか廄の中に入って来ていた朗清が目の細かいほうの刷毛をもう片方の手に持っていた。

「こっちは仕上げ用だろう？　それにしても賢《かしこ》い馬だ。公主を傷つけまいとしている」

「そ……え？　あ、はい」

混乱のまま返事をする彩華は、朗清の言葉を思い返して、目元を緩《ゆる》めた。家族同然の火球が褒《ほ》められているとわかれば、純粋《じゅんすい》に嬉しい。

「……と、ところで、あちらにいるのはなんだ？」

少し慌《あわ》てた様子で顔を背《そむ》ける朗清は、馬たちと向かい合わせにある別の囲いを指した。

馬とは別に二頭、廄に住む珍獣がいる。

安世が恐《こわ》ごわ覗《のぞ》く入り口に近い囲いの中には、角の生えた馬に似た動物がいた。

「正直、文字だけではわからない珍獣が多すぎますな。虎《とら》と獅子《しし》と熊《くま》は印象が強すぎますが」

安世が見る珍獣は、頸《くび》が長く鬣《たてがみ》があり、灰褐色《はいかっしょく》の体には細い縞模様《しまもよう》が薄《うす》く入っている。

「これは角の生えた、馬？　ですかな」

「角が生えているなら鹿《しか》じゃないか？　とは言え、角の形は伸びすぎた筍《たけのこ》に似ているな」

「いえ、その子は馬鹿《うましか》です」

火球の世話を続行しながら答える彩華の後には、なんとも言えない沈黙が落ちた。

「…………ふざけているのですかな？」

「え？　いえ、本当に馬鹿として献上《けんじょう》されたのです。確かに、尻尾《しっぽ》や胴体《どうたい》は牛に似ているので、馬や鹿の類《たぐい》ではないかもしれませんが」

真面目《まじめ》に答える彩華に、真偽《しんぎ》のわからない朗清と安世は別の囲いの珍獣へと話題を変えた。

「こっちも良くわからない動物だな？　枝わかれした大きな角があって、馬に似た顔だが、明らかにこっちの馬鹿とは違う」

「角が大きいのなら、そちらが雄《おす》ということはありませんかな？　しかし驢馬《ろば》のようにも、牛のようにも見えますすなぁ」

「そのとおりでございます。そちらは四不像《しふぞう》。馬でも、鹿でも、驢馬でも、牛でもないけれど似ているということから、四種別々の像《かたち》を持つという珍獣です」

「それは……結局、何かわからない動物ということではないのか？」

彩華は答えようもなく、手だけを動かす。

「あ、あぁ。そう言えば書いてありましたな、そんなことが。実物がこれですか。やはり、見てみないとわからない、いや、見てもわかりませんな」

安世は値踏《ねぶ》みするように、厩の入り口から四不像を見る。

絶対に厩に入ってこようとしない安世に苦笑《くしょう》し、朗清は入り口に戻《もど》ると、壁にかけられた馬具を見た。

「よく見ると壊《こわ》れているな」

朗清が手にするのは、轡《くつわ》と繋《つな》がる革紐《かわひも》の馬具。今日の運動の最中、不機嫌のあまり火球が傷んでいた革紐を千切ってしまったのだ。元から傷んでいたので近々替《か》えるつもりで、老趙が用意した替えの革紐と必要な道具は壁際《かべぎわ》にある。

何を思ったか、朗清は道具を手に取った。

「ふむ、邪魔《じゃま》をした謝罪代わりに直してやろう」

「え………！」

声を上げたのは彩華と安世だった。

「陛下にそのような、あ、火球、いい子だから」

止めに動こうとした彩華に、火球は毛繕《けづくろ》いを続けろと体を押しつけ邪魔をする。

彩華の耳には、見えない朗清の含《ふく》み笑いが聞こえた。

「よほど好かれているのだな」

「陛下が謝罪なさる謂《いわ》れなど、ないのですが？」

安世の苦言に、朗清は壁から馬具を下ろしながら答える。

「では、手慰《てなぐさ》みだと言っておこう。あの様子なら、まだ終わらないだろう。それに、少々懐《なつ》かしくもある。俺の気分転換《てんかん》だ」

安世の制止も聞かない朗清の言葉の後には、道具を使って革紐を金具から外す音がする。その音に迷いは感じられず、安世も感心したような声を上げた。

「ほぉ、慣れておられますな」

「幼い頃《ころ》、将軍の下についてからは、こうしたことを毎日やっていたからな」

皇帝になる前の朗清は、啓という国の王だった。さらにその前は、啓王に仕える将軍だったのだ。将来皇帝になる天命のある者にも、下積み時代があったらしい。

改めて考えると、彩華では想像も及《およ》ばない、全く違った人生だ。思わず、彩華は作業の手を止めないまま問いを発していた。

「陛下が馬をお好きなのは、そうした理由からですか？」

「好き？　あぁ、そうだな。好きか、ふむ。軍人として触《ふ》れる機会が多かったから、親しみがある。確かに好きな動物だろうな」

考えたこともなかった様子で答える朗清に、彩華は微笑《ほほえ》む。刷毛を取ってくれた際、朗清は警戒《けいかい》する火球を残念そうに見上げていた。

「でしたら、いずれ火球も陛下を受け入れるでしょう」

「何故《なぜ》だ？　他《ほか》の者には慣れないのだろう？」

「陛下は、火球を見て恐《おそ》れませんでしたので。火球は初見で恐れる相手には身を許しません」

小さい頃から世話をした老趙か、珍獣に対しては恐れ知らずの幼子だった彩華だからこそ、火球は触れることを許している。

「ふむ、そういうものか。まだ、人を乗せられるか？」

「それは少々難しいかもしれません。残っていれば、宮城に火球の子らがいるはずですが」

「そうなのか」

彩華の答えに、朗清の声が跳《は》ねる。本当に馬が好きなのだとわかる声音《こわね》の変化に、彩華は微笑んだまま会話を続けた。

「そちらの星斗も火球の子で、ここ春霞宮で生まれた兄弟馬である白馬と黒馬は、良馬であるため宮城に引き取られております」

「ということは、以前は母馬がいたのか。その馬はどんな馬だったのだ？」

今は二頭なので、いないのは見てわかる。廏《うまや》の囲いも中央の通路を挟んで三つずつ。

馬の話の他にも、以前廏にどんな珍獣がいたかを話しながら、彩華と朗清は作業を続けた。

そうして、終わったのはほぼ同時。

「うむ。久しぶりだったから、思ったより時間がかかったな」

「陛下……、何をしに来たのやらわかりませんぞ」

「む、あぁ、すまん」

安世に呆《あき》れられて、朗清は馬具を持ったまま面目《めんぼく》なさそうに語尾《ごび》が弱くなる。

火球の囲いから出て来た彩華は、手を拭《ぬぐ》いながら、朗清と安世のやり取りを微笑ましく見ていた。馬の話で楽しくなっていた彩華は、思ったままを口にする。

「まるでお二人はご友人のようですね」

彩華が声をかけると、安世が眉《まゆ》を顰《ひそ》めた。

「何を仰《おっしゃ》るやら、恐れ多い」

「そうか？　気は合うと思うのだが」

否定されたことに対して、朗清が意外そうに眉を上げた。

「そ、それは陛下が気さくなお人柄《ひとがら》だからこそでしょう」

「はは、皇帝《こうてい》らしくないと言われるくらいには気さくだろう」

照れ臭《くさ》そうにそっぽを向く安世は、朗清の冗談《じょうだん》に気を取り直した様子で肩《かた》を竦《すく》めた。

「そうですな。ただ、一つ陛下と気の合わぬことがありますぞ。わたくし、肉をあんな量食えはしません。食の好みだけは合いませんな」

「確かにな。俺も、安世ほど常に甘味だけを食うなど無理だ」

互《たが》いに渋面《じゅうめん》で頷《うなず》き合い、まるで示し合わせたかのように同時に笑い合う。

本当に仲が良い姿に、彩華は目を丸くしていた。彩華の視線に気づいた安世が、何やら朗清に目で促《うなが》す様子。

彩華が訝《いぶか》しむと、朗清が窺《うかが》うように問いを向ける。

「その、公主に、親しい友人はいるのか？」

「いいえ。友人と呼べるような者はおりません」

彩華が笑顔《えがお》で答えれば、朗清と安世は凍《こお》りついた。

彩華から見て、一番親しい相手は相真かもしれない。ただ相真とは上下の隔《へだ》たりがあって、友人とは呼べない。

昔、春霞宮から連れ出された時も、責められるのは相真ばかりで下の者が上の者を危険に晒《さら》したと、申し訳ないほど叱《しか》られていた。

彩華が泣くと、身分に応じた慎《つつし》みがなければ、こうして下の者に迷惑《めいわく》をかけることになると母にも怒《おこ》られたのだ。

彩華が母の記憶《きおく》を思い出して遠くを見ている姿に、朗清は気まずい様子で問いを続ける。

「そうか、公主という立場なら、そういうものか。……だったら同じ年代の親戚《しんせき》と親しいつき合いがあるのか？」

「ございません。春霞宮を訪《おとず》れる者が、ここ数年おりませんので」

母方の親族は、宗室と臣下という上下関係のため、気安いつき合いなどない。従兄弟《いとこ》でまともに会話したことがあるのは士倫のみだ。

「……ずっと春霞宮におりましたので。外出することもなく、友を作る機会も、親族に会う機会もあまり………」

考えてみれば、親戚づき合いさえ疎《おろそ》かな彩華は、身の置き所のないような気分に陥《おちい》った。

そんな彩華の機微《きび》に気づいたのか、星斗が鼻を鳴らして注意を引く。

微苦笑《びくしょう》を向けた彩華は、珍獣《ちんじゅう》たちは友というより家族だと胸中で呟《つぶや》いた。言葉つきこそ丁寧《ていねい》だが、相真同様、気兼《きが》ねなく話せる相手だ。ただ、かつて見た相真と幼い友人のような関係とは違《ちが》う。違うとは思うが、何が違うのかが彩華にはわからなかった。

「他人の多い後宮で育ったなら、友を作る機会もあったかもしれませんね」

ふと思いついて呟く彩華に、朗清は眉を顰める。

彩華は朗清の表情の意図がわからず首を傾《かし》げた。

「ずっと、ここに友もなく？　……寂《さび》しくはないのか？」

「寂しい……？」

思い当たらず返すと、朗清はさらに顔を険しくした。

母が亡《な》くなってから寂しくはあったが、春霞宮にいることが寂しいと思ったことはない。春霞宮には毎日騒《さわ》がしい珍獣がいる。気遣《きづか》ってくれる老人たちもいる。幼馴染《おさななじ》みの相真も、様子を見に来てくれるのだ。友と呼べる者がいなくても、寂しいはずがない。

そんな彩華を前に、安世は咎《とが》めるように朗清を呼ぶ。

「陛下……。こういった話は掘《ほ》り下げないほうがよろしいかと」

「す、すまん」

安世に脇《わき》を突《つつ》かれ、朗清は声を低める。

「ただ……後宮に娯楽《ごらく》を司《つかさど》る宦官《かんがん》が、莫迦《ばか》に多い理由がわかった……」

「自由に出入りができないとは、そういうことですからな」

朗清と安世は感慨《かんがい》深げに囁《ささや》き合った。

そんな二人の声を、彩華は聞いていない。

寂しいことなどないはずだとは思うのに、何故か寂しくはないのかと聞いた朗清の真剣《しんけん》な声音が心に引っかかった。

「しかし、それならなお、わからない。何故公主はここに残ったのだ？」

「もちろん、春霞宮に住まう珍獣のためです」

都に残ることは、彩華にとって当たり前のことだった。

「迷いがないな」

「それ以外にないのでしょうな」

「はい、もちろんです」

彩華は目を眇《すが》めた安世の言葉を取り違えて答える。

彩華が明るい声音で返答すれば、安世は額を押さえて首を振《ふ》った。

「安世、あまり言いすぎるな」

「そうですな。まさか葉氏相手に悪いことをした気分になるとは」

呆れるような朗清に対して、安世は渋面になる。その表情の豊かさや言葉つきの軽さが、昨日とはずいぶん違う。金烏館では遠い存在に思えたのにと考え、彩華はふと、朗清の手元の馬具に目を瞠《みは》る。

「まぁ、なんてお上手な……。ありがとうございました」

「あ、あぁ。うむ……」

素直《すなお》に馬具の修繕《しゅうぜん》に礼を彩華が言い微笑むと、朗清は硬《かた》い動きで馬具を返却《へんきゃく》する。

朗清の様子に首を傾げつつ、直してもらった馬具を笑顔のまま見下ろす。すると、自身の荒《あ》れた手が目に入った。

「あ……、あの、この手は………っ」

公主というにはあまりにも滑《なめ》らかさのない手であるため、朗清は驚《おどろ》いたのだろう。そう考えた彩華は、馬具ごと自身の手を隠《かく》すように胸元《むなもと》へ引き寄せる。

「うん、手がどうした？　怪我《けが》でもしたのか？」

「いえ、お、お見苦しいものをお見せいたしました」

昨日は袖《そで》の長い服を着ていたので隠し果《おお》せたが、今日着ているのは作業着で、手を隠すような機能はなかった。

逡巡《しゅんじゅん》する様子を見せた朗清は、改めて彩華の手に視線を落とすと息を抜《ぬ》くように笑った。

「良い手だ。なるほど、常日頃《つねひごろ》から心を通わせ世話を続けたそなたの行いを証明している」

思わぬ言葉に、彩華は朗清の顔を見直す。微笑《ほほえ》む朗清の表情に嘘《うそ》や気遣いの色は見受けられない。本心から良い手だと言ったことがわかると、彩華は安心と多大な気恥《きは》ずかしさに、目が眩《くら》むほどの熱を感じた。

「あ……、ありがとう、ございま、す………」

心が浮《う》き立つ彩華はなんとか言葉を絞《しぼ》り出すが、語尾が掠《かす》れてしまう。そんな声に安世は勘《かん》違《ちが》いした様子で朗清に囁いた。

「陛下、男ならそれで仕事を評価されたと思うでしょうが、相手は元公主ですぞ。荒れた手自体が恥《はじ》なのではないですかな？」

安世の見解は一般《いっぱん》的には間違っていない。そのため朗清も前言撤回《てっかい》しようと口を開く気配に、彩華は考えもせず思いを口にした。

「私は、珍獣たちを愛しております。この手がその証明になるというのでしたら、恥ずべきことなどございません！」

彩華の勢いに押されるように、朗清も安世も頷きを返す。

同時に、宣言して彩華は気づいた。ただ顔を合わせて話すより、動物を挟《はさ》んだほうが話しやすいと。そんな発見で、彩華の心は軽くなる。珍獣が暮らす春霞宮存続のため、朗清との会話は必須《ひっす》だが、昨日のように言いたいことの半分も言えないままではいけない。

朗清と会話する時には珍獣を連れていなくては。

そう一人頷く彩華の耳に、安世の慌《あわ》てた声が聞こえた。

「なんですかな、この白黒！」

「え……？」

思考に集中していた彩華は反応が遅《おく》れ、気づいた時には横合いから足に衝撃《しょうげき》を受ける。

堪《たま》らず体勢を崩《くず》す彩華は、倒《たお》れることを覚悟《かくご》して固く目を瞑《つぶ》った。

「危ない……っ」

すぐ側《そば》から聞こえた声と共に、彩華は力強い腕《うで》に肩《かた》を抱《だ》かれ、体勢を支えるために広い胸へと引き寄せられる。

「いきなり突進《とっしん》してくるとは危ないな。これは、危険な生き物か？」

朗清の声がすぐ側で聞こえた。彩華は息を詰《つ》めて肩に感じる大きな手を意識する。皇帝《こうてい》である朗清は、倒れかけた彩華を自ら支えてくれていた。

男性に抱き寄せられるという滅多《めった》にない状況《じょうきょう》に、彩華は逃《に》げ出したいほどの羞恥《しゅうち》を覚える。

「も、もも、申し訳ございません！」

口では謝罪しながらも、彩華は思わず全力で朗清の胸を押し返す。

恥ずかしさで叫《さけ》びそうになる口を引き結び、目を見開いて逃げそうになる己《おのれ》を律する彩華。

その形相に、彩華の力では小動《こゆるぎ》もしなかった朗清が一歩距離《きょり》を取った。

「その、不用意に触《ふ》れてしまった、許せ……」

「いえ、そのような——」

支えてもらった礼を言わなければ、それよりも朗清の服に獣臭《けものしゅう》が移った心配をすべきか。

今日の朗清の装いは、冕服《べんぷく》でこそないが、触れてわかるほど緻密《ちみつ》で上質な布地を使った衣服だ。なんにしても謝らなければと、慌てて向き直ろうとした彩華は、足が重いことに気づく。

固定された足元を見れば、二本の前足でしっかりと抱き着く白黒熊《しろくろくま》の姿があった。

「まぁ、あなた庭園からここまで一人で来たの、恵中《けいちゅう》！」

笑うような形の口を開いて見上げてくるのは、目の周りや耳が黒く、腕、腹、足と黒と白が順に色を変える不思議な模様をした子熊だった。

「なんだ、これは？」

「白黒熊と申しまして、すぐさまの危険はございません」

「これが……熊？」

呆気《あっけ》にとられる朗清に説明するため、彩華は恵中を腕に抱いた。

「俺の知る熊とはだいぶ顔形が違う気が、いや、目の模様のせいか。目と鼻面《はなづら》だけを見ると、確かに熊だな」

顎《あご》に指をかけて、朗清は彩華の腕の中の恵中を覗《のぞ》き込む。

相変わらず廏《うまや》の入り口から入ってこない安世が、確認《かくにん》の言葉を投げかけてきた。

「それで成獣《せいじゅう》というわけではないのですな？」

「ええ、大きくなります。熊ですから。……陛下、触《さわ》るなら子熊の内が柔《やわ》らかいそうです。成獣になると毛質が硬くなるのだそうで」

「そ、そうか。うん？　伝聞のような言い方だな。成獣はいないのか？」

そんなことを聞きながら、朗清は片手で恵中の白い額を撫《な》でる。相手にされているのが嬉《うれ》しいのか、恵中は猫熊《ねこぐま》に似た甲高《かんだか》い声を上げた。

「……ごほん、えっほん」

安世が何やら咳払《せきばら》いをしつつ、朗清へと目配せを行っている。

当の朗清は、考えごとをしている風ながら、恵中の柔らかな毛並みを撫でる手は止めない。

「その、今日は、誰《だれ》か来ていたのか？　いや、えっと、珍獣《ちんじゅう》を見に、ここを訪《おとず》れる者などはいるのか？」

突然《とつぜん》の問いに一度首を捻《ひね》った彩華だったが、殿に来るには金烏館の前を通らなければいけないことに思い至る。金烏館は士倫を迎《むか》えたまま片づけは後に回していたので、客があったことは見てわかったのだろう。

「金烏館を見られたのですね。はい。従兄《いとこ》にあたる士倫さまがいらっしゃいました」

彩華が応じた途端《とたん》、安世が殿の中に身を乗り出す。

「何をしにいらしたのですかな？」

「何を……、様子を見にいらしたと仰《おつしや》ってましたが」

彩華が答えると、朗清は恵中を撫でる手を止めて目を細めた。

「それだけか？」

「はい。近況《きんきょう》を話しただけで、あまり話す間もなくお帰りになりました」

妙《みょう》に真剣《しんけん》な様子に、彩華は恵中と共に首を傾《かし》げる。

「他《ほか》に何かしたのではありませんかな？」

疑うような安世の問いに、彩華は思い出して声を上げた。

途端に、前のめりになる朗清と安世。

「蛇《へび》や蜥蜴《とかげ》は初めて見たと仰って、とても熱心に見ていらっしゃいました」

「はぁ……？」

朗清と安世の上げた声には、確かな困惑《こんわく》が含《ふく》まれていた。

「黒蛇《こくだ》がお気に召《め》した様子で」

「ちょ、ちょっと待ってくれ」

朗清は手で制すと、安世のいる殿の入り口に移動し、真剣な面持《おもも》ちで相談を始める。

彩華は恵中を下ろすと、火球の世話で使った道具の片づけを始めた。

その間、恵中はまた彩華に遊んでもらおうと、何度も足に体当たりを繰《く》り返し纏《まと》わりつき、引き剝《は》がす彩華と無言の攻防《こうぼう》を続ける。

「嘘を吐《つ》いているようには見えないが……」

「報告を受けて、わたくし共が来るまでの間に帰っていることを思えば……」

「蛇や蜥蜴に何か……、いや、向こうも瑞獣《ずいじゅう》を？」

「あの委蛇ですな。なるほど、あり得ないとは言えませんぞ。陛下、やはり……」

「うむ、そうするしかないか。こちらも時間がかかるぞ？」

「しないよりはいいでしょう。牽制《けんせい》にもなるかと」

途切《とぎ》れ途切れの声が聞こえなくなり、何やら話が決まった様子。彩華はもはや作業着であることや珍獣の世話に精を出す日常を恥じることなく、近づいてくる朗清に相対した。

考えてもみれば、すでに庭園の廃園《はいえん》さながらの現状は知られているのだ。この春霞宮で彩華が公主らしい暮らしをしていたとは朗清たちも思ってはいまい。

慎《つつ》ましく暮らす身の上なのだから、慎ましく暮らす姿を見られても慌てる必要はなかった。

そう考えると、頑張《がんば》って着飾《きかざ》った公主らしい装いのほうが、見栄《みえ》を張った気恥ずかしさを今さらながらに覚える。

「その、なんと言うか珍獣というのは、とても興味深いな」

「はい、そのとおりにございます。陛下がご覧になった珍獣は、まだこの春霞宮に住まう者の中でも一部ですが」

珍獣への関心が窺《うかが》える朗清の言葉に、彩華は瑞獣と呼ばれた以外の珍獣にも興味を持ってもらおうと勢い込む。

片手で言葉を遮《さえぎ》った朗清は、笑《え》みを浮かべる彩華から顔を逸《そ》らし馬鹿《うましか》を見ながら言った。

「ええ、それでだな、他にも見たいと思うのだが……」

「まぁ、でしたらすぐに案内を――」

すぐさま応じようとする彩華に、朗清は両手を上げて制止する。

「いや、その、今日は近くに来たついでなので帰る。ただ、また、今度は先触《さきぶ》れを出すので、珍獣を見に来てもいいだろうか？」

彩華は一瞬耳《いっしゅん》を疑った。

また兵に囲まれての気まずい会話をしなければいけないと思っていたのに、それをする必要はなく帰るという。その上、珍獣たちに興味を持ってまた訪れてくれるというのだ。

「は、はい！　わざわざ足を運ばれるほど興味を持っていただけるなんて。心より、お待ちしております」

「う、うむ……」

彩華が心から喜びを表して笑みを浮《う》かべると、朗清は気まずい様子で足元へと視線を落とした。すると、彩華の足に抱き着いた恵中が潤《うる》んだ黒い瞳《ひとみ》で朗清を見上げる。目のやり場を失くした朗清は、何故《なぜ》か心苦しいと言わんばかりに目を固く閉じたのだった。

四章　和は天下の達道なり

「この子は穿山甲《せんざんこう》。あちらは真孔雀《まくじやく》と白孔雀になります、士倫さま」

「むむ、鱗《うろこ》のある四足の獣。けれど、蜥蜴ともまた違《ちが》った形ですね。穿山甲は触っても？」

主に蛇を目当てにやってくるようになった士倫に、彩華は庭園の中で珍獣を紹介《しょうかい》していた。

士倫は好悪《こうお》がはっきりしているようで、爬虫類《はちゅうるい》以外にあまり反応しない。

安世のように怯《おび》える風もないので、好奇心《こうき》から彩華は、鱗のある哺乳類《ほにゅうるい》と、獣ともまた違う鳥類を見せてみた。

「よろしいですが、鱗の縁《ふち》は切れますので表面を触るだけにしてください。それと、爪《つめ》と尻尾《しっぽ》にはお気をつけくださいませ」

穿山甲の爪は鋭利《えいり》で力強く、土壁《つちかべ》に簡単に穴をあける威力《いりょく》を持つ。尻尾は鋭利な鱗に覆《おお》われているため、振《ふ》ると切れるのだ。

突《つ》き出た鼻先から尻尾までを固い鱗に覆われており、外敵に襲《おそ》われると丸くなる愛らしいところもあるのだが、山を穿《うが》つという名の由来は伊達《だて》ではない。

「ふふ、なんとも面妖《めんよう》な生き物ですね。まるで龍《りゅう》のようだ」

しゃがみ込んで穿山甲の鱗に触れる士倫には、黒蛇を見た時ほどの劇的な反応はない。

「龍ですか？　あなたは龍に似ているそうですよ、閔眠《みんみん》」

名前を呼ぶと、穿山甲は小さな頭を振って彩華を見る。

「そう言えば、名前で呼んでいるものと、種類で呼んでいるものがいますね。何か違いが？」

「はい。祖父の代よりこの離宮《りきゅう》に住まう珍獣は、献上《けんじょう》された際に記録された珍獣の種類名で。私が育てた者には名前をつけております」

大蜥蜴や黒蛇、目の前の孔雀たちは長命で、彩華よりも長く生きていることを教えると、士倫は興味を引かれた様子で孔雀にも目を向けた。

出会ってまだ数える程度ではあるが、士倫とは和《なご》やかに会話ができる。血縁《けつえん》であるという気安さもあってか、彩華にとって過度な緊張《きんちょう》をしなくて済む話し相手となっていた。

「士倫さま、孔雀はお気に召しませんか？　触られますか？」

「いいえ、結構です。獣らしい獣に比べれば、目つきや足つきに惹《ひ》かれるものはあります。ただやはり、どうも無闇《むやみ》に飾《かざ》り立てているような風情《ふぜい》が、僕の美的感覚には合わないようです」

「ふふ、好みはそれぞれですね。世話をする者の中にも、昔蛇に襲われたため、決して爬虫類に近づかない者もいるのですよ」

取り留めのない話をしながら穿山甲を触る間に、五彩《ごさい》を纏う真孔雀は、雄《おす》特有の尾羽《おばね》を広げて、雌《めす》の白孔雀に求愛行動を始めた。

気ままに歩いていた白孔雀は、真孔雀の動きに一瞥《いちべつ》を投げただけで、無視を決め込む。

「なんとも冷徹《れいてつ》な対応。あれは……」

「私が生まれる前からあんな風だそうです」

「諦《あきら》めない粘《ねば》り強さに、少々好感を持ちますね」

思わぬ士倫の評価に、彩華は笑いを漏《も》らす。

最初こそ士倫の独特な感情表現に驚《おどろ》きはしたが、今ではその独自性を楽しむ心持ちでいられるようになった。

「それでは、士倫さま。今日は鰐《わに》蜥蜴の身繕《みづくろ》いをいたしますが、お手伝いいただけますか？」

「是非《ぜひ》！」

彩華が促《うなが》すと、士倫はわかりやすく声を高くする。

笑みを絶やさず、世話にも楽しみを見出《みいだ》す士倫に、彩華は同好の士のような連帯感を覚え始めていた。

「鰐蜥蜴は脱皮《だっぴ》中です。体に古くなった皮がついております。優《やさ》しく擦《こす》り取ってください」

庭園から爬虫類を飼育する小部屋に移動し、彩華は小部屋の戸を開放する。

「ふふ、ふふふ、任せてください」

彩華が布を手渡《てわた》すと、士倫は嬉々《きき》として受け取った。

手近な柱に身を擦りつけていた鰐蜥蜴は、剝がれかけの古い皮の中から、赤みのあるつややかな新しい鱗が見えている。

「おぉ、まるで新たな衣《ころも》を纏ったような鮮《あざ》やかさ。鱗の輝《かがや》きも段違《だんちが》いですね。これは、黒蛇《こくだ》の脱皮も楽しみです」

「えぇ、光沢《こうたく》が漆黒《しっこく》の体に映《は》えて美しいですよ」

脱皮後は、傷のない肌《はだ》になるので、色も映える。彩華にとっては見慣れた光景に、士倫は身を震《ふる》わせて感動していた。

そんな反応を前にふと、通って来ては珍獣《ちんじゅう》に慄《おのの》く者たちの姿を思い描《えが》く。

「そう言えば士倫さまは、まだ春霞宮で陛下とお会いになったことがございませんね」

朗清も珍獣に興味が湧《わ》いたらしく定期的に通っているが、二人が鉢合《はちあ》わせたことはない。

彩華が這《は》い上がる黒蛇を腕《うで》に絡《から》ませたまま何げなく言うと、笑顔のままじっと士倫に見つめ返された。

視線の意味がわからず小首を傾《かし》げる彩華に、士倫は笑うように息を吐《つ》く。

「ふ、僕が避《さ》けているのですよ。あまり、良くは思われていないですから……」

「え？　陛下と何か問題でも？」

彩華が素直《すなお》に驚くと、今度は喉《のど》を鳴らして笑われた。

「彩華どのはやはり心根が美しい。邪推《じゃすい》や策謀《さくぼう》など一切《いっさい》ない、純粋《じゅんすい》さがありますね」

「いえ、そんな……」

突然褒《とつぜんほ》められる意図がわからず、黒蛇の長い尻尾を腕に抱《かか》えて言葉を濁《にご》す。

「ふふ……。そうあれるのは、優秀《ゆうしゅう》な護衛がいるからでしょうか？」

士倫は呟《つぶや》くように言って、廊下《ろうか》の入り口へと視線を向けた。腕を組み、素知らぬふりで立っているのは、彩華の幼馴染《おさななじ》みの相真だ。

実は穿山甲を触《さわ》っている時から、ずっとつき添《そ》っていた。相真は、士倫が来ると知るとやって来ては、こうして後について回る。

逆に、朗清が兵を引き連れてやって来る時には、顔を合わせないようすぐさま帰ることもあるほどだ。戦場で見覚えられているかもしれないため、顔を合わせたくないと言っていた。

「護衛？　そうですね。皇帝《こうてい》陛下に監視《かんし》されるようなお方を、放《ほう》ってはおけないでしょう」

「陛下から、監視？　士倫さま、いったいどういうことでしょうか？」

不穏《ふおん》な相真の言葉に彩華が士倫を見ると、変わらぬ笑《え》みを返された。

「えぇ、僕は陛下に監視されています。都を追われた葉氏で、身分を剝奪《はくだつ》された元王ですから。科挙に合格したとは言え、追い出した葉氏が宮城に戻《もど》れば警戒《けいかい》されるのも当然でしょう」

なんでもないことのように答える士倫に、相真が顔を顰《しか》めて声を低める。

「でしたら、陛下の監視が届かない地方へ転出なされては？」

相真はいつもと違う言葉遣《ことばづか》いと雰囲気《ふんいき》を纏《まと》っているが、士倫は笑顔を崩《くず》さず答えた。

「それこそ陛下の猜疑《さいぎ》を深めてしまいます。ですから、監視をつけて書類整理だけの閑職《かんしょく》に追ってまで藍陽に残しているのでしょう。陛下は、よほど我々葉氏の反乱が恐《おそ》ろしいようです」

士倫は何食わぬ顔で、危《あや》うい発言をした。

「……士倫さまは、葉氏の復権をお望みなのですか？」

「まさか。これも天命と受け入れています。何より、葉氏を誅《ちゅう》さずにおられる陛下の恩情には感謝しているのです。ただ機会がいただけるなら、父の汚名《おめい》を少しでも雪《そそ》ぎたいとは、思っていましたが……」

視線を下向ける士倫は、見上げてくる蜥蜴《とかげ》に頬《ほお》を染めると、古い皮を取る作業に戻る。

「閑職に甘んじなければならない現状では、いつになることかわかりません。悪政を敷《し》いて都を追われた皇帝を庇《かば》う僕は、傍《はた》から見れば滑稽《こっけい》でしょうね」

答えに困る彩華に、士倫は微笑《ほほえ》む。

「旧臣にも、復権を勧《すす》められましたが、断りました」

相真の息を呑《の》む音が廊下に響《ひび》くようだ。彩華も、士倫が危うい話をしているのだとわかる。

「あぁ、すみません。先ほど言ったとおり、僕にはそんな大それた考えはありませんから安心してください。ですから旧臣には、今こそ力を合わせて国を支えるべきだと話したきり。その後は監視があり、旧臣たちとは会っていませんが、どうやら僕の存在だけでも陛下にとっては不安の種らしい」

士倫は嘆息《たんそく》しながら、頬に落ちかかる髪《かみ》も気にせず彩華へと視線を向ける。

「彩華どのは、父が何をしたか、何処《どこ》まで知っていますか？」

「恥《は》ずかしながら、噂《うわさ》程度しか存じ上げません」

素直に答える彩華に、士倫は責めることなく頷《うなず》いた。

「でしょうね。宮城の中でも、父の真意を履《は》き違える臣下が多かった」

士倫は元もと藍陽に住み、領地に行かない王だった。世が乱れたために安んじようと自ら領地へ赴《おもむ》いたものの、一年後には都が包囲されてしまったのだと言う。

「父は、文治政治を推《お》し進めようとしたのです。そのため文化振興《しんこう》を奨励《しょうれい》しました。父は文化人としての審美眼《しんびがん》で、後世に残せる逸品《いっぴん》を収集し、後の世までの財にしようと考えたのです」

良い物を奨励し、人々の規範《きはん》として皇帝が良い物を選び出す。文化人としては誰《だれ》もが認める才を発揮した先帝は、そんな志で政策を行ったのだと、士倫は語る。

「人も同じく、一悪で切り捨てるのではなく、許し改心を促すことを是《ぜ》としていました。無駄《むだ》だと言われた運河の工事も、国の発展を目指しての施策《しさく》だったのですが……。今では全《すべ》てが、悪政と言われています」

散財、美術品の過度な賛美者、悪臣の横行、無駄な労役《ろうえき》と、彩華の耳にも先帝を謗《そし》る噂は聞こえていた。都の内でも囁《ささや》かれた噂なので、誰もが知るところだろう。

「側近の悪行で宮城が乱れた時には、慈悲《じひ》をもって接していた父も手を打ったのです。けれど、遅《おそ》かった。中央の乱れの影響《えいきょう》で地方が逼迫《ひっぱく》したと知ると、皇帝自らが先頭に立たなければいけないと決断し、父は自ら筆を執《と》って確かに皇帝の意志が現場に届くよう計ったのですが」

皇帝と地方の間に存在する行政組織を無視する専横だと、非難の的となっており、旧臣からも当時批判が出た。

「それでも父は敢行《かんこう》しました。そのお蔭《かげ》で、確かに臣下の横暴を抑《おさ》え込んだのです。……ただやはり遅かった。これからという時に………」

言葉を濁した士倫が何を言いたいのかは、彩華にも想像がついた。朗清が都を包囲して、皇帝が逃《に》げなければいけない状況《じょうきょう》に陥《おちい》ったのだ。

「……今さら、なんと言っても言い訳ですね。父を支えられなかった、僕たち宗室も、同罪です。今は与《あた》えられた職務を全うするべきでしょう。こうして少々の趣味《しゅみ》を見つけるくらいは許してほしいものですが」

「……そんなことはありません」

思わず、彩華は声を上げていた。

「陛下の、いえ、先帝陛下のご慈悲は私も身に染《し》みております。私も情け深いご配慮《はいりよ》によって公主の地位をいただきました」

彩華の父は、先々帝だ。彩華が生まれた時にはすでに、急死した父に代わり叔父《おじ》が即位《そくい》した後だった。

公主とは、当代皇帝の娘《むすめ》が賜《たまわ》る称号《しょうごう》だ。

皇帝の姪《めい》として生まれた彩華では、本来公主を名乗れない。そんな彩華が昭季《しょうき》公主と呼ばれているのは、先帝が兄である先々帝の死を悼《いた》む心から、生まれたばかりの彩華に公主の地位を与え、母と共に暮らしを安堵《あんど》してくれたためだった。

父を亡《な》くした異母姉たちも、皇帝の名の下《もと》に婚姻《こんいん》を取り決めて、嫁入《よめい》り道具さえ揃《そろ》えてもらっている。

恩を口にする彩華に、士倫は困ったように笑った。

「ですが、恨《うら》みはないのですか？　その、あまり良い暮らしはできていなかったでしょう。公主の身分が重荷になったこともあったのではないですか？」

確かに、彩華には母の実家に帰る選択肢《せんたくし》もあったのだ。公主としての地位を与えられたために、母の実家の手を借りることも憚《はばか》られる事態は確かにあった。

それでも、公主として春霞宮に残ることを選んだのは彩華自身だ。

珍獣たちと出会えた暮らしを、後悔《こうかい》はしない。

彩華は士倫に、曇《くも》りのない微笑みを返す。

「私は、先帝陛下のご心痛も存じております。どうして恨むことがありましょう？」

彩華が忘れ去られたような暮らしをするに至るには、理由がある。

姉たちの結婚《けっこん》の後、士倫の姉に当たる公主が適齢期《てきれいき》だった。彩華はまだ幼く、結婚という身の振《ふ》り方を後に回されるのは道理。

ただ適齢期が近づいた頃《ころ》、後宮で不幸が相次いだ。士倫は第十一子でありながら、現状四男という位置にいる。それだけの数の子女が、相次いで亡くなる事態があったのだ。

悲しみに、先帝は喪《も》に服して朝廷《ちょうてい》を閉じるほどで、結婚という慶事《けいじ》を行えない状況を、適齢期になっていた彩華は把握《はあく》していた。

「先々帝の娘であるにも拘《かかわ》らず、公主の地位と春霞宮を与えられたこと、感謝しております。ご恩を受けた私が、どうして先帝陛下を恨むでしょう」

彩華が感謝を告げると、士倫は初めて笑みを消して瞠目《どうもく》した。

おかしなことを言っただろうかと、彩華は慌《あわ》てて言葉を続ける。

「先帝陛下のお優《やさ》しさを、私は存じております。どうか、士倫さまもお気に病《や》まれませんよう」

鰐蜥蜴《わに》を拭《ふ》く手を止めて俯《うつむ》いてしまった士倫に、彩華は慰《なぐさ》めの言葉を告げた。顔を上げたものの彩華を見ない士倫は、薄《うす》い唇《くちびる》を少しだけ開く。

「……………そう、でしたか……」

絞《しぼ》り出すように答えて目を伏《ふ》せた士倫の笑みは、今までに見た笑みとは違《ちが》い、何処か影《かげ》が漂《ただよ》うようだった。

春霞宮を出る士倫は、名残惜《なごりお》しい思いを隠《かく》さず告げる。

「この後、人と約束がありますので、これで失礼させていただきます。本当は約束を放棄《ほうき》してもまだ鰐蜥蜴の世話をしていたいくらいなのですが」

「ふふ、またおいでください。お待ちしておりますから」

彩華は花が綻《ほころ》ぶような笑《え》みを浮《う》かべて見送ってくれた。

士倫は本当に約束を放《ほう》り出そうかという気持ちになりながら、歩いてその場を離《はな》れる。

人を雇《やと》って駕籠《かご》を使うこともできたが、春霞宮に通い出してできた趣味だ。雑多な街並みはあまり好きではないが、今は音もなく這《は》う家守《やもり》を見つける楽しさに目覚めている。

目的地に向かう中、士倫は背後に気配を感じた。相真も気づいた監視《かんし》の存在だ。

士倫の行動は科挙に及第《きゅうだい》してからほぼ同じことの繰《く》り返し。

仕事をして、趣味仲間の下へ通うだけ。変わったことと言えば、春霞宮に通うという行動が増えたくらいだ。

今日も趣味仲間の下へ行く士倫に、監視も変わらずついてくる。

「これは士倫さま、ようこそおいでくださいました。ささ、皆《みな》待っております」

士大夫から援助《えんじょ》を受ける詩人の家に着くと、士倫は奥へと通された。名作と言えるほどの物はまだ作れていないが、光るものがあると名を聞く詩人だ。

監視は外で待機している。家の中を窺《うかが》うこともあるだろうが、入りはしないのもいつものこと。屋敷《やしき》の内には強盗《ごうとう》対策で見張りが巡回《じゅんかい》しているのも、いつものことで、入れないと言うのが適しているかもしれない。

「皆さま、お待たせして申し訳ない」

士倫が遅参《ちさん》を詫《わ》びて室内に踏《ふ》み入ると、先客は座を降りて跪拝《きはい》する。

先客は五人。顔を上げたのは、文人に扮《ふん》した旧臣たちだった。

「お座りください。念のため聞きますが、気づかれませんでしたか？」

「はは、もちろん。いやはや、士倫さまのお知恵《ちえ》には感服いたします」

「さよう、さよう。支援《しえん》する文化人と入れ替《か》わっているなどと、誰が思うでしょう」

趣味の集まりを装って、朗清の監視の目を欺《あざむ》く密談は、士倫の入れ知恵だ。

朗清が莫迦《ばか》でないならそろそろばれそうなところだが、懸念《けねん》すべきはこの旧臣の慢心《まんしん》と暢気《のんき》さだろう。王朝を傾《かたむ》けた原因の一端《いったん》とは言え、今は朗清の政権を脅《おびや》かす毒として使えるので士倫も強《し》いて正すつもりはなく、愛想《あいそ》笑いを浮かべた。

「僕は、皆さまの熱意に打たれ、少々案を出しただけですので」

従容《しょうよう》として本心は隠す士倫に、旧臣も貼《は》りついた笑みを浮かべる。

「何を仰《おっしゃ》る。さすがは先帝陛下のお血筋」

「いや、本当に士倫さまが太子であられないことが惜しい」

そう言って、こちらの欲を煽《あお》ろうというのだろう。見え透《す》いていて、美しさの欠片《かけら》もないと、士倫は心中で唾棄《だき》した。

同時に、使い捨てるには美しくないほうがなんの未練もなく使えるとも考える。使い捨てるには惜しいものとして、脳裏《のうり》に浮かぶのは、別れたばかりの彩華の微笑《ほほえ》みだった。

「使えるかもわからない……が、惜しいな…………」

「はい？　なんと仰いましたかな？」

士倫は心情を呟《つぶや》いてしまい、笑って誤魔化《ごまか》し話を別の方向へと誘導《ゆうどう》する。

「僕のような非才は、身のほどは弁《わきま》えております。帝位《ていい》など望むべくもない。そう、あの方よりも、弁えているのです」

はっきり誰《だれ》とは言わず微笑む士倫に、察した旧臣は苛立《いらだ》ちと恨みを露《あら》わにした。

「全くそのとおり。あの粗暴《そぼう》者が。何が皇帝だ。啓王という地位さえ不相応なくせしおって」

はっきりと言葉に表すのは、口髭《くちひげ》を整えた旧臣。とある地方から賄賂《わいろ》を得て、悪事の揉《も》み消しを請《う》け負っていたが、朗清が啓王となり、賄賂先が啓国に近かったために制圧され、収賄の道を絶たれてしまったのだ。

言うなれば、ただの私怨《しえん》でしかない。

「お怒《いか》りご尤《もっと》も」

士倫は内心を隠して憂《うれ》うような表情を装うと、口髭の旧臣は仰々《ぎょうぎょう》しく頷《うなず》く。

「宮城であの簒奪《さんだつ》者に従う者など少数。国軍もそのまま残されているのです。まだ機を計るのですかな？」

口だけで悪事以外成したことのない男が、逸《はや》っている。

国を取ろうというこの大計が、半年でどうにかなるわけがない。そんな道理も弁えない旧臣に、士倫は失笑したい思いを抑《おさ》え込んだ。

「国軍は今も疲弊《ひへい》したままです。これでは、先帝陛下の二の舞《まい》ですよ」

「そのとおり。そのためにわしが一計を案じているのだ。まだ待たれよ」

その一計も、発案者は士倫なのだが。

髪《かみ》に白い物の目立つ旧臣は、他人の手柄《てがら》を横取りする厚顔無恥《こうがんむち》だった。

「待つとはいったいいつまでだ？　もう半年が経《た》ち、噂《うわさ》も広まった。ならば、早くに動くべきではないか？」

口髭の旧臣が逸りすぎなのだが、その意見に頷く者もいる。

「……噂が広まることが狙《ねら》いではないのですよ。その先があるのです」

説明したはずなのだが、ぼんくら揃《ぞろ》いでたまに頭が痛い。

操《あやつ》り易《やす》くはあるが、手足として使うには性能が悪すぎるのだ。

「高朗清の藍陽での評判は、悪くもなければ良くもないのは周知かと思います。つまり、噂によって高朗清の評判は悪いほうにも傾けることができるのです。そこを狙って、今、動いてもらっていますね？」

旧臣にはいちいち説明と確認《かくにん》が必要だ。父が行政組織を蔑《ないがし》ろにしてまで自ら直接命令を行った悪手の根源が、眼前の旧臣の無能さだということがよくわかる。

そんな士倫の呆《あき》れに気づかず、白髪《しらが》の旧臣が得意げに頷いた。

「そのとおり。これより第二段階に移りましょうぞ。高朗清の配下が狼藉《ろうぜき》を行うという噂を広めることは成功しております。次は、狼藉を行ったという実績を作るのです。ただ、兵が宮城から出てこないのが問題でして」

士倫を窺《うかが》ってくる旧臣は、対応力のない自らの無能を露呈《ろてい》している自覚はないようだ。

「そうですね。高朗清が噂の広がりを止めるため、兵を宮城の外に出さなくなったのは、困ったものです。兵がいれば、因縁《いんねん》をつけて諍《いさか》いを起こし、兵のほうが悪いという噂を同じように広める手はずでしたが」

士倫は現状を説明しながら、旧臣たちの反応を見る。

「……戦場の勇将も、皇帝の椅子《いす》の安楽さに慣れたのでしょうか？」

揶揄《やゆ》するように言うと、旧臣たちは鬱憤《うっぷん》を晴らすように朗清を笑い者にする。いったいこの中にどれだけ笑えない現状を把握している者がいるのやら、と士倫は内心嘆息《たんそく》した。

朗清のほうが噂を潰《つぶ》しに動いてくれれば、横暴と声高《こわだか》に非難もできる。戦場を駆《か》けるように力尽《ちからず》くで解決を図《はか》るなら、手も打ちやすい。

そんな士倫の楽観を見透《みす》かすように、朗清は守りに入っているのだ。正面から攻《せ》める手勢のいない状態では、守りに入られると打つ手がなくなる。

「誘《おび》き寄せるしか、ないでしょうね」

士倫の提案に、白髪の旧臣は待っていたとばかりに口を開いた。

「その必要はございませんぞ。すでに、高朗清の兵に偽装《ぎそう》するための、準備をしております」

つまり、自分のほうがより良い対応を考えられていると誇示《こじ》するために、意見を求めたらしい。回りくどい上に、下策だ。

ただ正面からそう言って、矜持《きょうじ》を傷つけると後から使いにくい。

「僕はあまり見たことがないのですが、揃《そろ》いの鎧《よろい》を着ていたはず。高朗清の兵と同じ鎧を用意できたのですか？」

「いえ、同じ物はさすがに。ただ同じような黒い鎧を……」

賛同がないことには敏感《びんかん》に反応して、こちらを窺ってくる。士倫としても、そんなお粗末《そまつ》なやり方ではすぐに足がつくと言えれば早いのだが。

少なくとも、旧臣の案を受け入れることはできない。やるからには徹底《てってい》的に隙《すき》なくやり遂《と》げなければ成せるものも成せなくなる。

「……藍陽の中にも、防衛に関《かか》わった者はいるでしょう。高朗清の兵の鎧を詳《くわ》しく覚えている者がいた場合、どう手を打つべきでしょうか？」

朗清に調べられるという前提で動かなければいけないというのに、旧臣は答えられない。

「偽装した兵が偽者《にせもの》と知られた場合、噂も全《すべ》てその偽者の手による犯行と公表されれば、策が無駄《むだ》になりますね」

悩《なや》ましいとばかりに嘆息して見せれば、責任を負いたくない白髪の旧臣が伺ってきた。

「士倫さまのご意見も、伺いましょう。誘き寄せるというのは、どのように？」

本当に操り易さだけが利点だ。

「喧嘩《けんか》騒《さわ》ぎを起こし、兵が暴れていると吹聴《ふいちょう》します。もちろん、それは誤報として誤魔化しの利《き》くよう注意をして」

改革の準備に手間取る中、焦《あせ》りの見える朗清なら、噂の元を確かめに信頼《しんらい》できる兵を送るだろう。都に伝手《つて》のない朗清が信頼するのは、揃いの黒い鎧を着た兵だ。

「急行する兵に、例えば、慌《あわ》てた老女がぶつかるとします。それを見た者が、兵が老女を押しのけたと証言するとしたら？」

士倫の説明に、旧臣たちは悪辣《あくらつ》な笑《え》みを浮《う》かべる。

「兵が老女に怪我《けが》をさせたと噂にすれば……。噂に尾《お》ひれはつきものですから」

「いや、そこは兵が邪魔《じゃま》だと言って無辜《むこ》の老女を引き倒《たお》したと言ってもいいだろう」

他人の足を引っ張る悪知恵《わるぢえ》だけは働く。いや、足を引っ張ることはお手の物と言うべきか。旧臣のこの能力だけは、士倫も信頼できた。

悪知恵を利用し、同時に安世の排除《はいじょ》も考えるべきか。中央で実績のない学士を排除する手は幾《いく》つかあるが、早いほうがいいかもしれない。

不意に、口髭の旧臣が不満の声を上げた。

「回りくどい。そこまでする必要がありますかな？　先帝陛下よりの禅譲《ぜんじょう》などという妄言《もうげん》が、武力による制圧、放伐《ほうばつ》であることは周知ではありませんか」

「そのとおりです。もちろん僕も、一刻も早い正道への回帰を願い焦燥《しょうそう》を抱《いだ》いているのです」

士倫はうんざりする心中を隠《かく》してまず理解を示し、話を聞かせる。

「これは先帝の轍《てつ》を踏《ふ》まないため、必要なことなのです。武力で権威《けんい》を引き摺《ず》り落とされるなど、同じ過《あやま》ちを繰《く》り返したくはないでしょう？　まずは、高朗清から兵を引き離《はな》して、一番の強みである軍事力を削《そ》がなければならないのです」

帝位に座る朗清自身に手を伸《の》ばすには、率いる精兵が邪魔なのだ。

国軍の頭を押さえる枢密《すうみつ》院を懐柔《かいじゅう》しても、今の国軍では朗清に鎮圧《ちんあつ》されるのが落ち。

噂は朗清の兵を排除する布石にすぎない。朗清の力を削ぎ、士倫が独力で都を奪還《だっかん》するための。

旧臣としては、朗清を排除して権勢を回復しようという狙いだ。そのため先帝を都に戻《もど》し、禅譲が武力による不当な脅《おど》しであったと宣言させるまでを同じ目的としている。

ただ士倫にとっては、都の奪還は大義名分だ。他《ほか》の兄弟との差を大きくし、太子でない士倫が皇帝になるための通過点でしかない。

旧臣たちなど朗清の目を逸《そ》らす案山子《かかし》くらいの存在だ。

「私は士倫さまのお考えに賛同いたしますぞ」

一人が言うと、次々に媚《こ》びて賛同する旧臣に、士倫は照れた風に見える笑みを返した。

使った後はこんな無能者はいらない。もちろん、帝位を放《ほう》り出す非才の父も禅譲を反故《ほご》にした後は邪魔にならないよう隠居《いんきょ》させる。

そんな考えを従容《しょうよう》とした笑みの下に隠し、士倫は一つ手を打った。

「では、そのように。……さて、僕たちは今詩人なのですから、少しは何か書いていないと怪《あや》しまれます」

「はは、そのとおりですな。では、私が一首」

「お待ちを。わしが面倒《めんどう》を見る文人がこのような良い書をしたためましてな」

「いやいや、ここは古《いにしえ》の傑作《けっさく》に新たな注釈《ちゅうしゃく》書を」

先帝《せんてい》の選んだ旧臣は、ほとんどが文化人的な趣味《しゅみ》を持つ。実務能力よりも趣味の合う者を選ぶという愚《ぐ》を犯《おか》した父の残滓《ざんし》だ。

父の行動は許されない。皇帝としてあるまじき醜態《しゅうたい》を晒《さら》しての禅譲だった。

ただ、あまりに素早《すばや》い禅譲までの動きに、士倫は感嘆《かんたん》してしまった面もある。そんな衝撃《しょうげき》がなければ、今頃《いまごろ》都に集めた美術品ごと放棄《ほうき》して逃《に》げだした父を殺していただろう。命でもって贖《あがな》わなければ、父の行動は許されない。情に流されるばかりで、臣下も御《ぎょ》しきれず、なおかつ臣下の忠言を受け入れる器《うつわ》もなかった非才。芸術面以外では才能を発揮しない、美しくない父の生き方には何度腹を立てたことか。

元はと言えば、悪手ばかりを打っていた父を見限り、都を出た。父の死後の跡目《あとめ》争いを見越《みこ》した動きだったが、朗清にしてやられたという気持ちがある。

「おや、士倫さま。筆がお進みになりませんか？」

かつての苛立《いらだ》ちを思い出し、詩作の手が止まってしまった士倫は、笑みで誤魔化《ごまか》し心を落ち着けることを考える。

ふと、彩華の言葉を思い出した。

――先々帝の娘《むすめ》であるにも拘《かかわ》らず、公主の地位と春霞宮を与《あた》えられたこと、感謝しております。

士倫は、旧臣たちに気づかれないくらい小さく笑う。あの素晴《すば》らしい生き物を育てた従妹《いとこ》を公主に据《す》えた父の情の深さは、少し認めてもいい気がした。

「おかしなところはないかしら？」

朗清を出迎《でむか》える準備をする彩華は、身の回りの世話を請《う》け負う老女の前で一回転してみせた。

皇帝を迎えるにしては質素な、言い方を変えれば気取らない装いだ。

浅紫色《あさむらさきいろ》の背子の下に、白い布地に橙黄色《とうこうしょく》の刺繍襟《ししゅうえり》がついた上衣《じょうい》。襟は緩《ゆる》く動きやすく、胸元《むなもと》に見える内衣は朱色《しゅいろ》。囲裳は金糸で琥珀《こはく》色の刺繍が施《ほどこ》され、薄《うす》い桃色《ももいろ》の下裳《かも》には、長く垂らした布帯の紅色が軽《かろ》やかに揺《ゆ》れる。

厚手の作業着よりも良い物を着ているが、最初に出迎えた時よりも飾《かざ》りは少なく動きやすさを重視していた。

おかしなところはないと老女に頷《うなず》かれても、彩華の心臓は高鳴る。いつまでも朗清を出迎えるために準備をする時間の緊張《きんちょう》に慣れないでいた。

「お待ちしておりました、陛下」

緊張がすぎて平淡《へいたん》になる彩華の声に出迎えられるのは、朗清と安世。その後ろには相変わらず威圧感《いあつかん》のある黒い鎧の兵たちが並んでいた。

安世と兵は最初の頃《ころ》から変わらないが、朗清は裾《すそ》を引き摺る冕服《べんぷく》ではなく、官人の礼服でもある円領の袍《ほう》を纏《まと》っている。秋の深まる季節に合わせて白い袍を着ており、黒い鎧を背にしていると朗清が光るようにも見え、彩華はまた鼓動《こどう》が速くなった。

人慣れせず緊張しているにしても、乱れ打つ鼓動の激しさに、彩華は病を心配するほどだ。

「邪魔をする。今日はどんな珍獣《ちんじゅう》を見せてくれる？」

拱手《きょうしゅ》して迎えた彩華に、朗清は口元を緩めて問いかける。声音《こわね》に含《ふく》まれる明るさに、朗清も今日を楽しみにしてくれているのがわかり、彩華は目元に笑みを浮かべた。

「はい。まずは猩々《しょうじょう》と金絲猴《きんしこう》、日避猿《ひよけざる》をご紹介《しょうかい》させていただきます。その後、予《かね》てよりご要望のあった白虎《びゃっこ》と獅子《しし》をご照覧ください」

「ほぅ、ようやく見られるのか？」

「ただ、気配に敏感《びんかん》になっておりますので、庭園で寛《くつろ》ぐ姿を遠望していただく形となります」

彩華が申し訳ない思いで告げて庭園へ案内すると、安世が胡乱《うろん》な視線を投げてきた。

「それはまさか、陛下が虎《とら》と獅子に触《ふ》れられるほどの距離《きょり》に導こうとしていたわけではありますまいな？」

「そのつもりでございましたが。どうしてもと仰《おっしゃ》るなら、背に触れるくらいはなんとか……」

彩華が猛獣《もうじゅう》たちの気を逸《そ》らす方法を考えると、安世が震《ふる》える声でぼやいた。

「なんとも頭が痛くなる発想ですな」

「はは、安世は気にしなくていい。珍獣の繊細《せんさい》さはわかってきた。無理をする必要はないぞ」

朗清の気遣《きづか》いに、彩華は自然と顔が綻《ほころ》ぶ。

春霞宮に訪《おとず》れる度《たび》に厩《うまや》に足を運ぶくらい馬が好きなのは知っていたが、他の珍獣にも理解を示してくれるのは素直に嬉《うれ》しかった。

会う度に、朗清は何かしらの理解を示してくれる。一つ一つは小さなことでも、胸の内が温かくなるような言葉に、彩華はいつしか朗清と会うと安堵《あんど》さえ覚えるようになっていた。

二門閣から回廊《かいろう》を進み、彩華は自ら庭園の東に建つ香花楼《こうかろう》へと案内する。

花園《はなぞの》を見下ろすため命名された、三層の堂々たる楼閣なのだが、今や花園は珍獣の餌《えさ》を栽培《さいばい》する畑と化していた。

珍獣を思う朗清の配慮《はいりょ》により、楼の中には兵は入らず待機するよう命じられる。

彩華が先導して入った楼は、閣と同じく一階に壁《かべ》がない。香花楼は飼育の場として、大小さまざまな竹で編んだ仕切りが四方に広げられていた。

「まず、こちらの緋色《ひいろ》で腕《うで》が長い珍獣は猩々と呼ばれる者です」

朗清のための平座を用意して、彩華はその前に一頭の老猿《ろうえん》を連れてくる。

地肌《じはだ》は黒く、腫《は》れたように丸い顔に毛はないが、他は全身長い赤毛で覆《おお》われているため、遠目に見れば緋衣の老人にも見える。

「猩々？　俗説《ぞくせつ》に聞く妖怪《ようかい》ではないんだな？」

「はい、猩々と紹介されて献上《けんじょう》されただけです。それと昔はもっと黄みがかった毛色をしていたと記録されています。気性《きしょう》が荒《あら》く懐《なつ》かなかったそうですが、今では年老いて穏《おだ》やかになっておりますので、危険はないかと」

どっしりと朗清の前に座り込む猩々に、安世は顔を顰《しか》めて身を引いた。

「その猩々の後ろに、何かついておりますぞ？」

「こちらは金絲猴です。ご覧のとおり、長い尻尾《しっぽ》もあり猿としての特徴《とくちょう》があるかと存じます」

「あぁ、高級毛皮の……」

安世が思わずといった様子で呟《つぶや》くと、猩々は犬のように吠《ほ》えて威嚇《いかく》をした。口の中には鋭《するど》い牙《きば》が並んでおり、老猿とは思えない猛々《たけだけ》しさがある。

「ほ、本当にただの獣《けもの》なのですかな！　今、わたくしの言葉を理解しませんでしたか？」

「獣でも、人間の言葉や感情を理解する者はおります」

彩華が宥《なだ》めるために横に座ると、猩々は孫を見る老人のように穏やかな表情を浮《う》かべた。安世が言うように、金絲猴の日に透《す》けて金色に輝《かがや》く体毛は毛皮として人気がある。彩華も聞いたことはあったが、それを猩々が理解しているかは謎《なぞ》だ。

「安世、馬も人間の感情を理解できる。驚《おどろ》くことではない。それに、苦手なら宮城に残っていいと言っているだろう」

「陛下だけというわけには……。わたくしの言い出したことですし…………」

朗清にまで窘《たしな》められながらも、安世に退く気配はない。安世なりの忠心か心配か、朗清を独り歩きさせる気はないようだ。

そこには目上に対する尊敬と共に、やはり近しい相手を前にした気安さを感じる。確かな上下関係はあるのに、彩華と相真とは違《ちが》う関係性があるようだ。それを人は友と呼ぶのだろう。相真なら彩華が願えば全力で止めるか全力で叶《かな》えようとしてくれる。その思いやりは嬉しいのだが、そんな関係はやはり友人とは呼べない。

彩華は安世を羨《うらや》ましく思いながら、猩々の背中に抱《だ》き着く金絲猴を腕に移動させる。

金絲猴の青白い顔に毛はない。鼻は小さく上向きで、口元は膨《ふく》らんでおり、愛嬌《あいきょう》のある顔をしていた。

「猿とは、案外大きなものだな」

「人間の子くらいの大きさがありますし、尻尾まで入れると全長はもっと長くなります」

恐々《こわごわ》している安世を気にせず、朗清は彩華に抱き着いたまま首を捻《ひね》って見つめてくる金絲猴を相手にしていた。

「ひぇ、何か飛びましたぞ！」

朗清に抱き着く安世に、彩華は苦笑《くしょう》しながら視線で確認《かくにん》して告げる。

「ご紹介予定の日避猿です」

どうやら、柱に登っていた日避猿が、脇《わき》の飛《ひ》膜《まく》を使って滑空《かっくう》してきたようだ。

「短い尾《お》、黒い毛、豹《ひょう》のような模様。これは、山をも飛び越《こ》えることのできると言われる妖怪、風狸《ふうり》ですかな？」

　飛び出た目を持つ日避猿に見つめられ、動けない安世に、彩華はいっそ感心してしまった。

「安世どのは、色んな妖怪をご存じなのですね」

「……まぁ、地方では迷信《めいしん》で人が動きましたからな。道理を説くより、民《たみ》が信じ畏《おそ》れる対象を理由に使ったほうが何かと文句も出ずに早かった…………」

　懐《なつ》かしむような、疲《つか》れたような息を吐《つ》く安世。

　彩華が気を取られている間に、好奇《こうき》心旺盛《おうせい》な金絲猴に指先を握《にぎ》られた朗清が、香花楼の入り口に顎《あご》を向けて問う。

「公主、あれも猿か？　外から来たようだが」

「いえ、この場にいる三頭以外に、猿と呼ばれる珍獣はおりません」

　彩華が入り口を見ると、廊下《ろうか》に並んだ兵の足元を、左右に揺れながら走る珍獣がいる。小型で黒い顔のみ短毛、長い赤毛が狒々《ひひ》の鬣《たてがみ》にも似た京巴犬《きょうはけん》だった。

「あれは犬です。仲丹《ちゅうたん》、他《ほか》の子はどうしたのです？」

　彩華が呼ぶと、潰《つぶ》れた鼻の下から赤い舌を出して、跳《は》ねるように駆《か》けてくる。長毛に紛《まぎ》れた尻尾を大きく左右に振《ふ》って鳴き声を上げるさまは、普通《ふつう》に犬だった。

　仲丹が彩華に到達《とうたつ》すると、外の兵の間からどよめきが起こる。

「なんだこれ！　毛が動いてるぞ！」

仲丹と同じように香花楼へ入ってきたのは、大型で特徴的な紫《むらさき》の舌を覗《のぞ》かせる以外、黒みを帯《お》びた長毛で顔形の判別さえつかない鬆獅犬《しょうしけん》だった。

「あれも犬です。元玄《げんげん》、こちらにおいでなさい」

急がず騒《さわ》がず、豊かな毛を揺らして彩華の下《もと》へ歩く元玄に、安世は目を眇《すが》めていた。

「なんと言いますか、伝説にある四凶《しきょう》の一つ、渾沌《こんとん》のような……。目も耳も鼻もあるとは見えず、先ほどから吠えもしない。七孔《しちこう》はちゃんとあるのでしょうね？」

「毛に隠《かく》れているだけで、元よりあまり吠えないのです。気ままな性格ではありますが、善人を嫌《きら》うと言われる妖怪に譬《たと》えられるほど、悪い子ではございません」

言いながら、彩華は犬である証明をするために、元玄の目の前に立ち腕を広げる。意図を察した元玄は、後ろ足で立ち上がり、彩華の肩《かた》に前足を乗せた。すると、体長は彩華を越え、立ち上がった足の間では風を起こすほど力強く黒い尻尾が振られている。

戦《おのの》く安世にただの犬だともう一度言おうとすると、緊張《きんちょう》を孕《はら》んだ朗清の声が上がった。

「おい、今度は狼《おおかみ》が来たぞ」

「ひえ！　あんなに唸《うな》って牙を剝《む》いていては、いい子などとは言いませんな……っ？」

「どうかお騒ぎになりませんよう。叔灰《しゅくかい》は元玄が何もしなければ、大丈夫《だいじょうぶ》ですから」

朗清は珍獣《ちんじゅう》との触れ合い方がわかってきたのか、彩華の指示に従い騒がずにいてくれる。ただ、皇帝《こうてい》を守るために帯同された兵は、動かずにいられなかった。

香花楼の入り口に現れた狼は灰色で、元玄や仲丹に比べれば犬らしい引き締《し》まった体軀《たいく》をしており、その顔には明らかな警戒《けいかい》があった。堪《たま》らず近くにいた兵が剣《けん》を抜《ぬ》く。

「お、お待ちくださいませ！」

彩華は迷わず剣の前へと身をさらし、叔灰を庇《かば》った。

「皆《みな》、剣を引け！」

朗清が風格のある声で命じると、兵は剣を引く。止める安世に一瞥《いちべつ》も向けず、朗清は怒《おこ》ったような表情で彩華に詰《つ》め寄った。

「申し訳ございません、陛下。ですが、私にとっては家族も同然で……」

「それは、今までの様子でわかるが……、自分の安全も考えろ………っ」

朗清はそう彩華を窘めながら、何処《どこ》か安堵するように見下ろす。

兵の武具が立てる騒音《そうおん》が嫌いな珍獣は多く、彩華としても朗清を迎《むか》える際には、珍獣が興奮して暴れないよう苦慮《くりょ》しているところだ。

ただ苦労があっても、朗清の訪《おとず》れを拒否《きょひ》する気にはなれない。自分の身嗜《みだしな》みはもちろん、朗清に会わせる珍獣たちのお手入れを三日前から念入りに行うほど、楽しみにしているのだ。

手伝ってくれる相真とはまた違った、朗清が詳《くわ》しくないからこそできる珍獣自慢《じまん》は、彩華にとって心躍《おど》る時間になっている。

そんな朗清を怒らせてしまったと、彩華は内心悲嘆《ひたん》に暮れていた。

「公主のように、珍獣も思っているのではないか？　家族が目の前で怪我《けが》をするのは嫌《いや》だと」

言いながら、朗清は何げない仕草で額に落ちかかる彩華の髪《かみ》をひと筋避《よ》け、彩華の頬《ほお》に手を添《そ》えると顔を上げさせた。一つ頷《うなず》いて見せて平座に向かおうとする朗清は、動かない彩華に一度促《うなが》すような視線を向ける。

「は、はい。本当に、申し訳ございません……。さぁ、叔灰。こちらですよ」

彩華が狼狽《ろうばい》しながらも声をかけると、警戒気味だった叔灰の耳が立ち、吊《つ》り気味だった目が丸くなる。太い尻尾を左右に揺《ゆ》らして彩華に従い、元玄と仲丹の下へと駆け寄った。

そんな姿を見ながら、彩華は嫌《いや》に速まる鼓動《こどう》を服の上から押さえる。

無茶をして怒られたのは当たり前だと思うのに、大層意気消沈《いきしょうちん》してしまった自分がわからなかった。

「彩華さま、申し訳ありません！」

考えに沈《しず》みそうになる彩華は、切迫《せっぱく》した声で現実に引き戻《もど》された。見れば、犬たちの世話をしていただろう老人が、千切れた縄《なわ》を持ってやってくる。

「やはり、彩華さまでなければ言うことを聞かず。陛下の御前《ごぜん》で失礼ではありますが、どうかお手伝いください」

朗清の頷きを得て、元玄をまず正面から見る。彩華は朗清に触《ふ》れられた後の落ち着かなさを、深呼吸して誤魔化《ごまか》した。

「元玄、仲丹、叔灰。お座りなさい」

はっきりと命じれば、元玄を先頭に犬たちはお座りの体勢を取る。老人から逃《に》げたことを怒られると気づいたのか、大小さまざまな三種の尻尾《しっぽ》が足の間に巻き込まれていた。

「こちらに来ては駄目《だめ》だと言っていたはずですね。お戻りなさい」

じっと見つめて許さない態度を示すと、犬たちは耳まで垂らして立ち上がる。仲丹などは甘え鳴きをするが、もう一度命じると老人に従って香花楼を出て行った。

「すごいな。狼のみならず、あんな大きな犬まで扱《あつか》えるのか」

「あの子たちは、赤子の時から私が育てましたので。五頭が兄弟のように育ち、上下がはっきりしているので、長男の元玄が私に従う限りは、従順でいてくれます」

「ま、まだ二頭あんなのがいるのですかな？　ふぅ……」

安世は眩暈《めまい》を覚えた様子で額を押さえる。そのまま本当に足元が覚束《おぼつか》なくなったために、香花楼の外で兵に介抱《かいほう》されることになった。どうやらあまり体調が良くなかったようだ。

「安世、たまには俺の忠告も聞け。無理だと思ったら言ってくれ」

「いえ、わたくしはまだまだ――」

安世が強がりを言う間に、朗清は兵に向けて手を振る。意図を察した兵は、安世を引き摺《ず》るようにして外へと連れ出した。

「……そう。一方的なんだわ」

安世を見送る彩華は、相真との関係の違《ちが》いに気づいた。朗清と安世は互《たが》いに思い合っているのに、彩華と相真では相真がいつも彩華に何かをしてくれようとするのだ。

情けなさを覚えて彩華が目を閉じる間に、朗清は自身の裾《すそ》を摘《つ》まむ金絲猴《きんしこう》を見て問う。

「何故《なぜ》これほど多くの珍獣がいて、殺し合わずに済んでいるんだ？　肉食の猛獣《もうじゅう》もいるなら、食われる珍獣もいるんじゃないか？」

例えば、朗清に興味を示す金絲猴では元玄のような大型犬に勝てない。同じ場所に住むのは難しいはずだと言いたいらしい。

彩華は情けない己《おのれ》を嘆《なげ》く思いを払拭《ふっしょく》しようと、朗清に向き直って考えながら答えた。

「そうですね……。空腹時に出会えば、襲《おそ》われることもございます。ですから、まず気をつけているのは縄張《なわば》りを保ってあげることです」

身体能力で劣《おと》る人間は、珍獣たちの本能的な動きについてはいけない。そのため、本能を刺《し》激《げき》しないように振《ふ》る舞《ま》うことを、彩華は老人たちから教えられている。

「相性《あいしょう》の悪い珍獣もいますから、時には会わせないよう調整しています。逆に本能を利用して、元玄たちのように仲間意識を持たせることもします。それが、珍獣たちが健《すこ》やかに生きるため必要な調整となります。調整は、人にしかできないことですから」

「生きるために、か」

「はい。この庭園は、土地も食料も有限ですから。飼育する側が調整しなければなりません。

互いに食い合うなど、不毛でございましょう」

彩華の言葉に、思わぬことを言われたように朗清が動きを止める。

何かおかしなことを言ったのだろうか、説明として言葉が足りず理解できなかったのだろうかと、彩華は内心狼狽《うろた》えた。

「その、争うにも、珍獣たちなりの理由があるのです。そのため、理由があれば必死に戦いますから、勝ったほうも、怪我が元で死ぬことがあります。どちらも死んでしまうのでは、争うこと自体不毛ではないかと……」

「続けてくれ」

彩華の声が尻《しり》すぼみになると、朗清は片手を振って先を促す。

金絲猴を見ているようで見ていない朗清の考えなど、彩華には察することもできない。

朗清は理解を示してくれるのに、彩華は理解が及《およ》ばない。そのことがとても、歯痒《はがゆ》く思えた。

「どんなに愛情を持って接しても、珍獣たちの理屈《りくつ》を曲げると襲われます。珍獣の側に殺す意図がなくとも、人間の弱さ故《ゆえ》に致命傷《ちめいしょう》を負ってしまうのです。そんな両者にとって不幸なことが起こらないよう、私たちの側から珍獣を理解することが必要なのです。私たち人間とは違う理《ことわり》で生きているのだという、理解が」

全く違う存在を理解するには苦労がある。彩華も、金華《きんか》と名づけた猫《ねこ》の悪戯《いたずら》をする理由が未《いま》だに理解できず、叱《しか》り方を悩《なや》むくらいだ。

理解できたとしても、その後の調整にも苦労がある。赤狐《あかぎつね》の紅華《こうか》は鼠《ねずみ》を捕《と》って食べる。それは金華も同じで、時に喧嘩《けんか》をしてしまうが、どちらも室内に閉じ込められることを嫌《きら》う元野良《のら》の性質上、餌《えさ》を与《あた》えるだけではいけないので調整が難しい。

端的《たんてき》に言えば、生きる物を管理するには、苦労がつきものだというのが、彩華の実感だった。

「理解したとして、必ずしも調整が上手《うま》くいくとは限らないだろう？　争いは、どちらかがいなくなるまで続くものだ」

呟《つぶや》くように言った朗清の目には、冷淡《れいたん》な光が宿っている。

彩華は一度口を引き結ぶと、息を吸って反論した。

「珍獣といえども、同じ天の下に生きる者たちなのですから、敵を滅《めっ》することに固執《こしつ》するのではありません。戦う意味は、守るためなのです。自分の命を、仲間の命を。私は、全員が天の下で同時に生きられる道が必ずあると信じています。調和は必ずあるのだと信じて、生かすために労を負う。そうして皆《みな》を守ることが、この春霞宮で珍獣《ちんじゅう》たちを任された、私の使命なのだと思っております」

この手に委《ゆだ》ねられた命を、投げ出すわけにはいかない。彩華はそう念じて、先帝《せんてい》に忘れられた中でも、春霞宮での暮らしを選んですごしてきた。

彩華が胸の内を語ると、朗清は眩《まぶ》しそうに目を細める。

「俺は、難しく考えすぎたのか？」

「陛下……？」

「いや、少し疲《つか》れただけだ。……違うな、気が張っていたと言うべきか？」

ふと彩華を見つめる朗清の表情が、柔《やわ》らかくなった。その目は彩華と、彩華に寄り添う猩々《しょうじょう》や日《ひ》避猿《よけざる》にも向けられる。

朗清にはもう当初見られた冷たさはない。張り詰《つ》めた威圧感《いあつかん》もなく、彩華と向かい合う姿は何処《どこ》か安らいでいるようにも見える。

「公主の嘘《うそ》のなさは、いいな。穏《おだ》やかで……陽《ひ》だまりのようだ」

囁《ささや》かれた途端《とたん》、彩華の鼓動が一層強くなる。

もし朗清の意図が彩華に対する賞賛であるなら、それは嬉《うれ》しさと同時に、この上もなく恥《は》ずかしいようなむず痒《がゆ》さを覚える言葉だった。

彩華は焦《あせ》る心のまま猩々を触《さわ》り、嫌《いや》な顔をされてしまう。その表情で、少し冷静になった彩華は、褒《ほ》められたと早合点してはいけないと己を戒《いまし》めた。

違うと言われてしまえば、二度と朗清の前で顔を上げられないほど失意に陥《おちい》る自分が想像できてしまったのだ。

「ち、珍獣たちには、良くも悪くも嘘が通じませんから。家族のように育ったので、私もそうなのかもしれません」

「ふ、なるほど」

今までにない、慈《いつく》しむような朗清の微笑《びしょう》に、彩華の胸は内側から叩《たた》くように大きく跳《は》ねた。

途端《とたん》に顔が熱くなり、思考が飽和《ほうわ》して口が勝手に動く。

「先ほど、疲れたとお、仰《おっしゃ》いましたね。でしたら、金絲猴の毛が柔らかくて心安らぐ触り心地《ごこち》にございます」

彩華の勧《すす》めになんの疑念も覚えないようで、朗清はそっと金絲猴を撫《な》でた。

「ふむ、確かに落ち着く肌触《はだざわ》りだな」

そう言うと、衒《てら》いもなく笑う。

彩華は朗清から目が離《はな》せなくなったまま、耳元でうるさいほど鳴る鼓動《こどう》に、混乱をきたしていた。


春霞宮からの帰りの馬車上で、朗清は思い出し笑いを漏《も》らした。

「ふふ、どうやらただの公主ではなかったな」

「そうでございますな。まさか狼《おおかみ》を手《て》懐《なず》けているとは」

「安世、そうじゃない」

喉《のど》で笑いながら、朗清は珍獣のために一生懸命《いっしょうけんめい》な彩華の真摯《しんし》な眼差《まなざ》しを思い出していた。

廏《うまや》で触《ふ》れた肩《かた》の細さ、支えた体の軽さなど、なんとも頼《たよ》りないと思っていたのだが、どうやら心の内は別だったようだ。

彩華に会う前から、国を傾《かたむ》けさせた葉氏は皆ろくでもないと敵視していた自分が、恥ずかしくなる。そう思えば初対面での対応も、彩華に対して思いやりなどなかった。

祖廟守《そびょうもり》という孝徳を思い決めた相手に後宮入りを命じるなど、ろくでなしはどちらかと、朗清は自嘲《じちょう》に口を歪《ゆが》める。

「俺は戦いに慣れすぎていたのかもな……」

「陛下、如何《いかが》なさったのですかな？　何かご懸念《けねん》がおありでしょうか？」

そう案じる安世はまだ顔色が悪い。朝議の度《たび》に孤軍奮闘《こぐんふんとう》を強《し》いられるのだ、肉体的にも精神的にも疲労《ひろう》が蓄積《ちくせき》している。食事の時間が惜《お》しいと言って、甘味ばかりを食べるのも悪い。

そうとわかっていても安世を休ませるだけの余裕《よゆう》がない自身を、朗清は不甲斐《ふがい》なく思った。

「いや、少し反省してみただけだ。俺は、どうやら効率のみを求めていたらしい」

戦いに慣れたせいで、犠牲《ぎせい》が当たり前になっていた。だから犠牲を出しても、手早く勝つ。

そうすることでより多くの者を救うつもりでいた。

皇帝となって戦場を離れた今、過去の自分を振《ふ》り返れば、犠牲の多寡《たか》など己《おのれ》の望む道を力尽《ちからず》くで拓《ひら》くための言い訳でしかない。

なんと乱暴で命を軽《かろ》んじる行いかと、守るために戦うのだと言った彩華に思い知らされた。

「良いではないですか。効率を求めなければ、この国は救えませんぞ」

「それは、そうだが……。本当に、ただ効率を求めて冷徹《れいてつ》に処理するだけでいいのか？　それが皇帝の在り方か？」

そんな皇帝で、国を安寧《あんねい》に導けるのか。朗清は自問するが答えはすぐに出てこない。

「大義名分として瑞獣《ずいじゅう》は必要ですが、陛下に不調があるなら、無理に通われずとも……」

「別に不調というわけでは。あぁ、安世が苦手だから通う頻度《ひんど》を下げろと？」

「べ、別にわたくしはそのような……っ。陛下が悩ましげに仰るものですから」

「はは、大丈夫《だいじょうぶ》だ。どちらかと言うと、あの派手な宮城を抜《ぬ》け出すいい言い訳になる」

「……これ以上、仕事量は減らしませんぞ？　立ち行かなくなりますからな」

「わかっている。自分の疑《うたぐ》り深さが嫌になっただけだ」

わからない様子で安世は首を捻《ひね》る。ただ、朗清を案じていることだけはわかった。

「心配するな、安世。少し、他《ほか》の手もあるかもしれないと、思ってな……」

朗清は呟くように言って、故郷での穏やかな生活を思い描《えが》く。

幼い頃《ころ》は将軍の下について、外敵を排除《はいじょ》することを純粋《じゅんすい》に誇《ほこ》れた。乱世が深まると、自分が国を守るのだと思い決めて将軍になり、王になり、皇帝になった。

そんな中、戦いに慣れて敵は必ず排除しなければいけないと攻撃《こうげき》的になっていたように思う。守る方法は敵を負かすことだけではないと、彩華に教えられた気分だ。

「調和、か……」

朗清は馬車の上から空を見上げる。穢《けが》れない白い雲が、悠々《ゆうゆう》と流れていた。

まだ見ぬ珍獣が、この広い天の下の何処かにはいるのだろう。そんな広い天下を統治するには、自分は小さすぎる。

「気持ちまで小さくなっていては、な」

朗清は天を見上げて、挑《いど》むように不敵に笑った。

五章　己を正して人に求めず

「……き…………きゃぁぁああ！」

藍色《あいいろ》の背子を着た彩華は、流れる血を目にして春霞宮に響《ひび》く悲鳴を上げた。

「彩華さま、来ちゃいけない！」

天藍色《てんらんしょく》の下裳《かも》を蹴立《けた》てて近寄ろうとする彩華を、相真が怒鳴《どな》るような強さで止める。

「けれど、けれど……！　山荒《さんこう》が！」

彩華は毛を振るい立てて荒ぶる珍獣を心配していた。

「あ、そっちか……。ともかく、この賊《ぞく》を縛《しば》り上げるまで離れててくれ」

相真は呆《あき》れながらも、捕《つか》まえた賊に縄《なわ》をかける。痛みと見たことのない珍獣に戦《おのの》く賊は、怪我《けが》をした手を胸の前で合わせるようにして縛り上げられた。

彩華と相真がいるのは、庭園の東の外周にある通路。

大門から厨房《ちゅうぼう》に繋《つな》がる一本道で、使用人が使うために造られた通路だった。

彩華は豪猪《やまあらし》と呼ばれる鼠《ねずみ》や猪《いのしし》に似た珍獣を捜《さが》していたのだ。豪猪は山を食い荒《あ》らすとも言われる珍獣で、鬣《たてがみ》のような長い褐色《かっしょく》の毛を持ち、臀部《でんぶ》周りには一本一本白黒の縞模様《しまもよう》を描いた硬《かた》

い毛、針毛を腰蓑《こしみの》のように生やしている。

豪猪の山荒が庭園から逃《に》げ出したため、捜していたら、運悪く賊が外の塀《へい》を越《こ》えて通路に侵《しん》入《にゅう》したところで。一本道の通路で、彩華と相真が挟《はさ》み撃《う》ち状態での発見に至った。

問題は、慌《あわ》てた賊が足元の山荒に気づくのが遅《おく》れ、躓《つまず》いて出した手を硬く極太の針毛に押しつける形となり流血したこと。

山荒は体重をかけられて、針毛が折れる箇《か》所《しょ》もあった。

「山荒、怪我はありませんか？」

興奮して鋭利《えいり》な針毛を逆立てる山荒。元から針毛は抜けやすいため、怪我はない様子だ。

「もう大丈夫ですから、落ち着きなさい。ほら、お芋《いも》ですよ」

攻撃を受けたと思い鼻息を荒くしていた山荒は、好物に気づいて鼻を動かすと、迷いなく彩華の下《もと》へ駆《か》け寄り食いついた。

そのまま彩華は老人に芋を託《たく》し、庭園まで山荒を誘導《ゆうどう》してもらう。

「彩華さま、もういいぞ」

念入りに賊を縛り上げた相真は、武器も取り上げてから彩華へと声をかけた。

「ほ……。相真がいてくれて良かった」

「お、おう……」

彩華が何げなく呟《つぶや》くと、相真は目元を染め、視線を泳がせて生返事をする。

彩華が近寄り改めて見る賊は、黒い革鎧《かわよろい》を着ていた。

「どなたかしら？」

「いや、どなたって……」

「鎧を着ているなら兵卒ではなくて？　相真は知らない方なの？」

「いや、違《ちが》うだろ。鎧の形は陛下の部下によく似てるが、あっちは金属鎧だし。六部《りくぶ》にも国軍にもこんな形の鎧を支給する部署はない」

相真に言われ、彩華は改めて賊の黒い革鎧を見る。似ているため、彩華も関係者を疑ったが、知っている者が見れば一瞥《いちべつ》でわかるくらいには別物の鎧だ。

「だいたい、陛下の関係者なら塀は越えないだろ」

「それもそうね。けれど、手当てをしたほうが良いのではない？」

豪猪の針毛が刺《さ》さったままの賊は、長い針毛が揺《ゆ》れるだけでも痛みに顔を歪めている。片手に十本は刺さっているのだから当たり前だ。

「彩華さま、だから賊だって。手当てじゃなくて、突《つ》き出すことを考えろよ」

「そう？　だったらお役人を呼ぶべきかしら。それとも連れて行くべきかしら？」

「一番は俺が連れて行くのが安全だろうな。彩華さまは残っていたほうがいい」

「……そうね。最近珍獣《ちんじゅう》たちが落ち着かないもの」

慣れてきている珍獣もいるが、他人の出入りに縄張《なわば》りを侵《おか》されたと敏感《びんかん》になる珍獣は多い。

今回の賊のように、意図せず珍獣が人間を傷つけることもある。もし、敏感になった珍獣が朗清に怪我をさせるようなことがあったら。

彩華の背中に嫌《いや》な汗《あせ》が浮《う》かぶ。

家族のような珍獣が人を傷つけることに対する忌避《きひ》感とは別に、彩華は朗清を害してしまうことに恐怖《きょうふ》を覚えた。

「こっちは俺がどうにかするから、彩華さまは珍獣を宥《なだ》めてくれ」

相真が見上げる庭園の塀の向こうからは、興奮した珍獣の唸《うな》りが聞こえている。

「これ、彩華さまの悲鳴のせいだしな」

断言され、彩華が否定できずにいると、大門のほうから声がかけられた。

「失礼、何があったのですか？　悲鳴が聞こえたようでしたが？」

大門に繋がる通路の端《はし》から顔を出すのは、いつの間にか来ていたらしい士倫だった。

来訪の約束があったため、相真も春霞宮にいてくれたのだ。

「これは士倫さま、お出迎《でむか》えもしませんで」

「いいえ。それより、その者は？　何か異変があったのでしょう？　彩華どのに怪我はございませんか」

「ございません。ご心配ありがとうございます」

彩華が微笑《ほほえ》んで答える間に、何故《なぜ》か相真が庇《かば》うように前へ出る。

そんな相真の動きにも士倫の笑《え》みは崩《くず》れなかったが、賊の姿に一瞬《いっしゅん》だけ目が細く鋭《するど》くなる。

「縛られているところを見ると、賊ですか？　おや、何か刺さってますね」

賊は口を引き結んで声を上げず、士倫が近づいても顔を背《そむ》けていた。

気にせず士倫は歩み寄ると、無造作に賊の手に刺さった針毛を抜く。

「痛……！　あぁぅぅうう…………っ」

耐《た》えきれず悲鳴を上げる賊は、深く刺さっていた針毛を抜いたために新たに血を流した。

「ずいぶんと鋭利な……。いったいこれは？」

士倫は手にした白と黒の縞模様が入った針毛に興味津々《しんしん》で彩華を振《ふ》り返る。

「その、豪猪と呼ばれる珍獣の体毛です。別名、山荒しとも呼ばれております」

「毛、ですか。つまりこれが体を覆《おお》っていると？　これでは猛獣《もうじゅう》も噛《か》みつけないでしょうね」

士倫が言うとおり、豪猪の針毛は革の衣服にも刺さるほど鋭利だ。どんな猛獣も噛みつけば、喉《のど》の奥まで刺さるだろう。

「そうですね。猛獣も襲《おそ》いません。何より、豪猪自体が身の危険を感じると、毛を逆立てて後ろ向きに突進《とっしん》してくるくらい攻撃的ですから」

蛇《へび》の鱗《うろこ》も貫通《かんつう》するので、人間はもちろん危ない。攻撃的な性格を考慮《こうりょ》し、朗清にもまだ会わせていない珍獣だった。

「なるほど……。ところでこの賊は、どうするおつもりで？」

「突き出そうかと思っております」

士倫から視線を外さず、相真が手短に答える。

「相真、やはり一度身元を確かめてはどう？　武装しているなら、それなりの方の下で働く者でしょうし。珍獣が怪我を負わせてしまったのだし」

理由はどうあれ、珍獣が怪我をさせてしまったことを、彩華は申し訳なく思っている。もし朗清に近い者であった場合、怪我を負わせ手当てもせず突き出したのでは心証が悪すぎる。

そんな彩華の心中を察するくらいに共にすごしている相真は、あえて首を横に振った。

「だったら余計に、こっちが手間かけるより、突き出してから調べたほうが確実だ。少なくとも、こうして塀を越えて侵入したからには賊で間違いない。深く関《かか》わるだけ悪手だ」

彩華が迷っていると、頬《ほお》にかかる髪《かみ》を払《はら》いもせず賊を見下ろしていた士倫が、独り言のように呟いた。

「全くもって下策……」

「士倫さま？　何か仰《おっしゃ》いましたか？」

「……いえ、僕がお預かりしましょうかと申し上げたのです」

「え？　士倫さまが、賊を？」

「はい。刑部《けいぶ》の知り合いがいますので、彩華どのが大事にしたくないのであれば、僕から個人的にその旨《むね》をお伝えして調べることもできますよ」

士倫は綺麗《きれい》な笑顔でそう申し出てくれる。

対して相真は不審《ふしん》げに眉《まゆ》を顰《ひそ》めた。

「この恰好《かっこう》見て思い当たる者はいないんですか？」

「そう言えば陛下の兵に似てますね」

白々しいと相真は小さく呟く。

「もしかしたら、巷《ちまた》で噂《うわさ》の狼藉《ろうぜき》を働く陛下の兵って、こいつらを見間違えたものかもしれないと思うんですが？」

「まぁ、そうなの？」

彩華が驚《おどろ》いて見上げると、相真は歯切れが悪くなった。

「いや、あくまでそうかもってだけで。だから、面倒《めんどう》なことに首を突っ込むべきじゃないっていうか。いっそ丸投げで陛下に――」

相真が言い訳するように言うと、士倫は大きく頷《うなず》いた。

「そうですね、陛下に面通ししてもいいかもしれませんね」

士倫の賛同に、相真は口角を下げて口を閉じる。

「どうしました？　あぁ、陛下がいらっしゃるまでの処遇《しょぐう》が心配ですか？　そうでしょうね。あなたは住んでいるわけではないですし、ここで見張るとなれば老人と彩華どのしか……」

士倫の指摘《してき》で彩華も頰に手を当てて考え込む。空いている珍獣の檻《おり》はあるが、確かに春霞宮で拘束《こうそく》するとなると不安がある。

彩華が頷くと、相真は苦い顔で息を吐《つ》いた。

「俺は、なんか面倒なことに、彩華さまが関わるのに反対なだけです」

「でしたら、今から僕が刑部の知り合いに引き渡《わた》しに行きますよ。あそこにはちゃんと牢《ろう》もあれば見張りもいますから」

「そんな、士倫さまにお手間を取らせるわけにはまいりません。突き出すのならこちらで」

「いいえ、僕としても藍陽で不穏《ふおん》な噂があることに心を痛めていたのです。もし解決の一助となれるのなら、これくらいの手間、惜《お》しくはありませんよ」

自分の楽しみを後に回す士倫の申し出に、彩華は感嘆《かんたん》の吐息《といき》を漏《も》らす。

そんな彩華に照れたように笑った士倫は、言いにくそうに苦笑《くしょう》した。

「ただ……、明日《あした》も来ていいでしょうか？　黒蛇《こくだ》の様子を見たいので」

やはり爬虫類《はちゅうるい》との触《ふ》れ合いを楽しみにしている士倫に、彩華は心から頷く。

「ええ、もちろんです。どうぞおいでください」

士倫の再訪を歓迎《かんげい》することを告げて、彩華は賊《ぞく》を士倫に託《たく》した。


翌日、再訪と同時に士倫は彩華へと謝罪を行っていた。

「申し訳ない。昨日の賊に逃《に》げられてしまいました。刑部の前までは連れて行ったのですが、そこまで大人しかったために隙《すき》を突かれて」

「まぁ。士倫さまにお怪我《けが》は？」

翠緑色《すいりょくしょく》の内衣に覆われた胸元《むなもと》を押さえる彩華の心配に、士倫は笑顔を返す。

「少々突き飛ばされただけですので。刑部にも捜索《そうさく》をお願いしました」

「私がお願いしてしまったせいで……」

「いえ、僕が言い出したことですし。それなのに……」

彩華と士倫が互《たが》いに謝り合うことに対して、昨日に引き続き春霞宮に来た相真は何も言わないが、不服そうに見ていた。

士倫は相真の様子に気づくと、苦笑を浮《う》かべる。

「そうだ。彩華どの、どうか罪滅《つみほろ》ぼしをさせてください」

「そんな、罪滅ぼしだなんて。士倫さまに落ち度はありません」

「ありがとう。けれど僕の気が済まないのです。何か、お困りのことはありませんか？　僕が力になりたいのです」

前のめりになって問われ、彩華は仕方なく思考を巡《めぐ》らせる。目下の困りごとと言えば、この春霞宮の存続だ。

ただこの問題は士倫に言ってもしょうがない。

彩華が答えに困れば、士倫は気弱な様子で視線を下げた。

「確かに僕も、何ができるほどの者ではないんですが。彩華どのの愚痴《ぐち》聞きくらいはできます。父がいなくなってから半年、大変だったことや、今の皇帝《こうてい》陛下の訪《おとず》れで苦慮《くりょ》していることなど話してみるだけでも。もしかしたら、お役に立てることがあるかもしれない」

「無用な気遣《きづか》いです」

「相真……」

切り捨てるように口を挟《はさ》んだ相真に、彩華は咎《とが》めるように名を呼ぶ。対して士倫は、気分を害した様子もなく肩《かた》を竦《すく》めた。

「そうですね。でしたら、僕もあなたのように通って手伝いの幅《はば》を広げましょうか？」

「やめてくれ……っ」

心底嫌《いや》そうに相真が顔を顰《しか》めれば、士倫は袖《そで》で口元を隠《かく》して笑う。

「そんなに警戒《けいかい》せずとも、同じ葉氏ではどうなることもないというのに」

「な、何言って！」

相真は顔を赤くして何度か口を開閉するものの、彩華が見ていることに気づくと赤面したまま口を閉じる。

相真へ会話の意図を尋《たず》ねようとした彩華に、士倫が機先を制して問いを重ねた。

「彩華どの、何かないですか？　そう、賊の侵入《しんにゅう》に備えて用心棒でも紹介《しょうかい》しましょうか？」

「いらん！」

相真が語気を荒《あら》くして拒否《きょひ》する。勢いには驚いたものの、彩華も同意なので頷いてみせた。

「そうですね。珍獣《ちんじゅう》は慣れない人が多いと嫌がるので、お心遣いだけいただきましょう。……今も、陛下の連れる兵に興奮していて少々手を焼いているのです」

「ほう……。珍獣が彩華どのの手を煩《わずら》わせることがあるのですか？」

士倫は興味を示して彩華を促《うなが》す。

「煩うほどではありませんが、まだ陛下に全《すべ》ての珍獣をご覧に入れることができていないのです。陛下は虎《とら》や獅子《しし》にご興味を示されたのですけれど、やはり兵の武具の音が嫌なのか興奮してしまって。先日も遠望していただこうとしたのですが、木立に隠れて上手《うま》くいかず……」

同じ理由で、黒蛇にも会わせていない。蛇《へび》は音に敏感《びんかん》だ。兵との相性《あいしょう》が悪い。

「ふむ、興奮するとやはり、彩華どのでも手に負えないと？」

「私は大丈夫《だいじょうぶ》なのですが……。と言うよりも、昨日叫《さけ》んでしまったために珍獣たちが心配してくれて。余計に余人への警戒が増してしまったようなのです」

「……………素晴《すば》らしい……」

「はい？」

「いえ、珍獣たちの思いやりの素晴らしさに、感動してしまって」

そう語る士倫は、心底の笑顔《えがお》と共に目を潤《うる》ませている。そうして何かを思い描《えが》くように宙を見据《みす》えると、一人何度も頷きを繰《く》り返した。

「つまり彩華どのの懸念《けねん》としては、昨日から気の立った珍獣が、次の陛下の訪れで、兵たちの気配に興奮を増すことが心配だと？」

「え、えぇ。もちろん、陛下の訪れを厭《いと》うようなつもりはないのですけれど」

少々困っているだけ、と零《こぼ》す彩華は、いつもどおり微笑《ほほえ》んでいるように見える士倫の目が、光ったように感じた。

「でしたら、解決は簡単でしょう。聞く限り、陛下も珍獣への理解を示していると彩華どのは仰っていましたね？」

「はい。家族同然に思っていると申し上げたところ、わかっていると……」

「でしたら、珍獣の様子を隠さず話して、陛下にお願いすればいいではないですか」

「お願い、ですか？」

「そうです。陛下自身に、珍獣のため、帯同する兵を減らしてくれるよう頼《たの》めばいいのです。きっと、聡明《そうめい》な陛下であれば、彩華どのの気持ちを汲《く》んで応諾《おうだく》してくれることでしょう」

士倫の提案に、彩華は手を打って微笑む。士倫の言うとおり、今の朗清なら理解してくれると思えたのだ。


すっかり空気には秋の気配が漂《ただよ》い、落葉樹は色を変えている。

季節の白い背子に水辺を意識した群青色《ぐんじょういろ》の下裳《かも》を身につけた彩華は、左腰《ひだりこし》に両手を添《そ》えた礼容を示して滔々《とうとう》と語っていた。

「――という状況《じょうきょう》なのです。陛下にお願い申し上げます。どうか、帯同なさる兵の数を減らしてはいただけないでしょうか？」

庭園の池を望む木々に覆《おお》われた亭子《ていし》の中で、彩華は朗清を上目に見つめる。

そそり立つ六本の柱に支えられた亭子の屋根は優雅《ゆうが》に波打ち、軒先《のきさき》は大きく湾曲《わんきょく》して天を突《つ》いていた。白い化粧《けしょう》石で囲われた亭子で、池の縁《ふち》に立つ朗清は安堵《あんど》の息を吐いて微笑む。

「改まって言うから何かと思えば、そんなことか。確かになんの訓練もしていない珍獣なら、あの鎧《よろい》の音に戦《おのの》くな。いいだろう。兵は半数にしよう」

「あ、ありがとうございます」

快諾《かいだく》してくれた朗清に、彩華はわかってくれたことが嬉《うれ》しく声が跳《は》ねてしまった。

助言してくれた士倫の指摘《してき》どおりになり、もっと早く頼《たよ》っていれば良かったとも思う。

彩華が素直に喜色を表せば、朗清は微笑を深めた。

「……まるで、公主は鏡のようだな。警戒をして相対すれば警戒し、気を楽にすれば惜しげもなく胸襟《きょうきん》を開く…………、いや、腹蔵を疑っているわけではないし、元はと言えば俺の対応が問題だったと――」

なんと言えばいいのかと目を閉じた朗清は、諦《あきら》めたように前言を撤回《てっかい》する。

「すまん、今のは言い方が悪かった。どうも軍の男所帯で暮らしていたせいで、女性に言うべきではない言葉が出てくるな」

気恥《きは》ずかしそうに顔を背《そむ》ける朗清に、彩華は気にしていないと応じる。

言葉選びがどうであれ、朗清の言葉に込められているのは、現状朗清が彩華に対して一定の信頼《しんらい》を寄せているということなのだから。

「兵が少なくなれば、少しは珍獣たちも落ち着くはずです。そうなれば、まだお目見えできていない者たちも近くご照覧いただけるでしょう」

「もう半数以上は見ているな。残った猛獣《もうじゅう》以外にも、攻撃《こうげき》性などで見せられない珍獣がいると言っていたか。……もし、猛獣をこの離宮《りきゅう》から移動させようとした場合、可能か？」

彩華は思わず息を詰《つ》めた。最初から朗清は瑞獣《ずいじゅう》を後宮で飼育させようとしていたのだ。彩華や老人たちも、強制的に命令された場合、どうすれば一番珍獣たちにとって良いかを話し合ったことはあった。

「……可不可でお答えするなら、可能でございます。ただその後の命の保証はできかねます」

「それは、人間か？　珍獣か？」

問う朗清の目からは、感情の色が消える。その一見冷たい双眸《そうぼう》は、初めて会った時に似ていた。彩華も朗清と会う内に、その変化が皇帝として判断を下すための切り替《か》えだということに気づけている。朗清の問いを受け止めた彩華も、表情を引き締《し》めてはっきりと答えた。

「両方にございます」

「環境《かんきょう》の変化にそこまで弱いか……。確か提出された初期の記録にも、離宮に収めて間もなく餌《えさ》を食べずに死んだ珍獣の記録があったな」

彩華も記録でしか知らないが、当時を知る老人たちもそのことは懸念していた。

彩華が頷《うなず》いてみせると、朗清は逡巡《しゅんじゅん》する様子で池の中央にある岩の上で甲羅干《こうらぼ》しをする亀《かめ》を見るともなしに眺《なが》める。すると秋の日差しに微睡《まどろ》むように、亀は欠伸《あくび》をした。

「ふ、ふふ……。やはり、忍《しの》びないな」

噴《ふ》き出すように笑った朗清は、目元を緩《ゆる》めて彩華に視線を戻《もど》す。

「公主、俺はこの離宮の取り潰《つぶ》しの撤回を考えている。無理をさせて死なせてしまっては元より意味がない。それなら、離宮の所有を明確にするだけのほうが安全だ。……そうだろう？」

珍獣をただ利用するだけではなく、健《すこ》やかな暮らしを思うなら、春霞宮は必要だと朗清は彩華に同意を求める。

「は、はい！　そのとおりでございます」

朗清が示してくれた理解に、目に見えない距離《きょり》が近づいたようだった。心境のまま声を弾《はず》ませる彩華の耳に、硬《かた》い制止の言葉が届く。

「その決定、お待ちください、陛下」

見れば、安世は渋《しぶ》い顔をしている。動物が苦手ということもあるのだろうが、ここのところ安世の表情は優《すぐ》れない。今、顔に影《かげ》が差しているのも、日陰《ひかげ》にいるためだけではないようだ。

「どちらのことだ、安世。離宮の取り潰しは、元もと財政政策だったはずだ。だが、現状離宮を潰すほうが出費は多いだろう。それに兵を半数にすることなら問題ない。最初から警戒しすぎていたんだ。珍獣の実数も把握《はあく》できた今、実際こんな数はいらないとわかっている」

「しかしですな、用心に越《こ》したことはないのでは？　猛獣がいるのは確かなのですぞ。少々思っておりましたが、最近陛下は対応が甘すぎるきらいがございませんか？」

「安世が日に日に神経を尖《とが》らせているように見えるが……。これは、俺にも責任があるか」

「いいえ。陛下ではなく、あの欲の皮の突っ張った無能どものせいです」

「おい、安世。お前自身、ここでは放言をしている自覚を持ったほうがいい」

朗清は彩華の側《そば》から安世の下《もと》へ行くと、軽口のような相談を始めた。政治的な話をする時、朗清と安世がよく取る行動なので今さら気にはしない。

ただ少し、朗清と会話する時間が減ることを惜《お》しむ思いが湧《わ》くくらいだ。彩華は手持ち無沙汰《ぶさた》のため、貘《ばく》に野菜をあげようと亭子の縁《ふち》に寄る。亭子には池の中に続く階段があった。彩華に気づいて水中から階段を登るのは、白黒熊《しろくろくま》のような模様のある貘と呼ばれる珍獣。

長い鼻は垂れるほどで、猪《いのしし》に似ているがひと回り大きい。小さな目を持ち、暢気《のんき》そうな表情をしている。泳ぎが得意なため、今は見知らぬ朗清たちを警戒《けいかい》して水に隠《かく》れていたのだ。

長い鼻は敏感で、彩華の持つ青菜に釣《つ》られた貘は、鼻を上げて口を開き、首を伸《の》ばしながらゆっくり近づいてくる。

「なりません。陛下の御身《おんみ》の警護を減らすなど――」

「暗殺を警戒するのはわかるが、都の中でそんな愚《ぐ》を犯《おか》す者がいるとは思えない。いたとしても藍陽の造りを考えれば少数を差し向けるだろう。ならば、半数でもこと足りる」

「名将であらせられる陛下がそう仰《おつしや》るならそうなのでしょう。それに、こんな寂《さび》れた離宮に近づく者は一人しかいませんが、問題は陛下の威信《いしん》です」

聞こえた安世の言葉に思わず振《ふ》り返った彩華は、朗清が自嘲《じちよう》するように笑う姿を見た。

「威圧しすぎても、な……。ここに来るまでに見る民《たみ》から怯《おび》えが抜《ぬ》けないのは、兵で固めすぎているせいかもしれないと思わないか？」

「何を仰いますか。都の民は、本来なら陛下の恩情に感謝すべきところです。怯えるなどということのほうが間違《まちが》いでしょう」

朗清が受け流す度《たび》、安世はいきり立つように声を強くする。

「無血開城という義挙を当たり前だと思っているのが、そもそもの心得違い。本当ならこの藍陽の余裕《よゆう》を地方に回してもいいくらいなのですぞ。それを陛下が腐心《ふしん》して、流通の再生に取り組んでいるというのに。この都の人間は己《おのれ》の非生産的な生活を少しは省《かえり》みるべきです」

「お前の不満もわかる。藍陽の商人たちが足元を見ているという報告は俺も聞いた。だが、力で抑《おさ》えつけるだけでは不満が出ると話し合っただろう？」

「要望や不満を言えた立場ではないということを弁《わきま》えるべきだと言っているのです」

政策に関《かか》わる話のようで、彩華は言い合う二人を案じながらも口を挟《はさ》めないでいた。

手元では柔《やわ》らかな葉の部分だけを食べた獏が、茎《くき》はいらないと拒否《きょひ》している。彩華が獏に好き嫌《きら》いさせないよう茎を構えたまま睨《にら》み合うと、また安世が不満を口にした。

「己が被害《ひがい》に遭《あ》っていないからと、他人《ひと》ごとなのが腹立たしいほどですぞ」

「安世、安世。疲《つか》れているようだな。いつもなら外でまで言わないだろう」

「ええ、疲れもします。ですが、これは愚痴《ぐち》だけではございません」

宥《なだ》めようとする朗清に、安世は引かない。

「北には異民族に占領《せんりょう》された土地もあります。西の異民族は独自に国を作り拡大の一途《いっと》です。だというのに、地方の戦線は崩壊《ほうかい》寸前。後方支援《しえん》もままならない財政状況。いったいこの責は誰《だれ》にあると思っているのか」

この危機的状況をわかっていないと、安世は憤懣《ふんまん》を吐《は》く。

言われてみれば、彩華も噂《うわさ》で聞くばかりなので、安世が言うほどの危機感はない。

異民族を見たこともなければ、都の近くまで軍を進められたこともなく、朗清は軍で包囲したが無血開城のまま都に血が流れることはなかった。

そんな彩華の意識は、きっと藍陽の人間と同じだろう。

「今陛下が隙《すき》を見せる真似《まね》をしてはなりません」

「安世、それではまるで敵地にいるようだ」

朗清の苦笑《くしょう》交じりの言葉に窺《うかが》うと、安世は無言ながらそのとおりだという顔をしていた。

たださすがに、彩華も都の民全《すべ》てを敵と見なすような発言は聞き捨てならない。

「差し出口とは思いますが、恩情賜《たまわ》る陛下に仇成《あだ》す者など――」

彩華が言いかけると、睨むように安世が目を向けた。

そうして改めて見れば、元から気難しそうな顔をしていた安世が、今は目の下に隈《くま》を作り、余計に神経質そうに見える。

時折見える指先には染《し》みついたような墨《すみ》の跡《あと》があることを知っている。安世が寝《ね》る間も惜しんで働いているとは気づいていたが、今日は何処《どこ》か攻撃的な空気を纏《まと》っていた。

「陛下の恩情に甘える輩《やから》の多いことですな」

鼻を鳴らす安世に、兵を減らしてほしいと願ったことを当て擦《こす》られる。

「待て、安世。朝議の件で気が立つ心情は理解するが、公主に当たるな」

宮城で何かしらあったらしく朗清は止めるが、安世は不服げに顔を顰《しか》めた。

彩華も顔を合わせる内に安世の言葉に慣れ始めており、思わず反論が口をつく。

「私は、ただ珍獣を思ってお願い申し上げただけで。決して陛下の恩情に甘えさせていただくつもりではないのです」

「それで言い訳が立つとお思いか？　珍獣のためなどと言っても、結局は自分のためではありませんか。未《いま》だに兵を見て怯えた目をするくせに」

図星を指されてつい目を逸《そ》らしてしまったが、珍獣が興奮することを憂慮《ゆうりょ》する気持ちも本当のことだった。

「……自分のためだけなどでは、決してございません。嘘《うそ》を申しているわけではないのです。珍獣たちが――」

「少々不可思議なところはあると言っても、獣は獣でしょう。あぁ、なるほど。己の大事なものだけに集中して民を蔑《ないがし》ろにする、葉氏らしい考え方と言えますか」

見下げ果てるように失笑する安世に、朗清が重く息を吐く。

「安世……、葉氏で括《くく》るな。公主が悪徳を成したことはないと、調べはついているだろう」

「宗室が民を顧《かえり》みないことが悪だとわたくしは考えておりますが？　何より、珍獣を養いたいという己の欲のために陛下に甘える。まさに先帝《せんてい》葉氏の罪を自覚しない発言でしょう」

「そ、そんなことはございません。先帝陛下も民を救おうと苦心なさって……」

士倫に聞いた先帝の行いを思い描《えが》き、彩華は思わず言葉を発した。

先帝は確かに悪政と言われる被害を出したのだろう。皇帝としての失策が、都包囲という結果に繋《つな》がったのだろう。

それでも、士倫の思いを聞いた今、言われるままではいられなかった。

そんな彩華の擁護《ようご》が、安世の怒《いか》りに火をつける。

「民を救う？　帝位に就《つ》いてから十五年、そのようなことは一度として行われませんでしたぞ」

眉《まゆ》を逆立てた安世に、彩華は気圧《けお》される。声に宿る恨《うら》み辛《つら》みの熱量が、視線からも感じられるようだった。

「美術品を漁《あさ》るために目減りする国庫。先帝が絵を描《か》くための顔料欲しさに行われた無計画な運河の拡張。そんな我欲《がよく》のために増える民の労役《ろうえき》。労役で畑が荒《あ》れ、地方は減益を余儀《よぎ》なくされる。さらには先帝が浪費《ろうひ》した国庫の補塡《ほてん》のために増税です。なのに税の中抜《なかぬ》きは放置で、税収が回復しないとさらに民へと負担を強《し》いる」

安世は一度口に出すともはや止まらないようで、口を挟む間もなく喋《しゃべ》り続けた。

「先帝の偏重《へんちょう》は臣下にも及《およ》び、文化人という無能者が蔓延《はびこ》り、地方の政《まつりごと》を放置しました。側近が権力闘争《とうそう》で冤罪《えんざい》を乱発してようやく臣下を罰《ばっ》する動きを見せても、結局は温《ぬる》い対応だけで悪を絶てずに法を犯《おか》した官吏《かんり》はすぐに政権に復帰する」

法を犯したと罪に問われたはずの旧臣たちは、今も宮城にいて、朗清の足を引っ張り続けている。そんな不条理が安世には我慢《がまん》ならないのだろう。

「これを十五年、十五年ですぞ？　何が民を救うですか……っ」

「安世、それくらいにしろ」

まるで仇《かたき》のように彩華を見る安世を、強い声で朗清が止めた。

「事実であっても、言うべき相手が違う」

「違いますかな？　葉氏として宗室に名を連ねた元公主さまでしょう。公主として禄《ろく》を貰《もら》っておいて、政に関わらぬから宗室の悪事とは無関係だと、無関心でいたことは罪にならぬと？」

吐き捨てる安世の指摘《してき》は、尤《もっと》もだった。

彩華は目の前にいる珍獣のことばかりに意識を割《さ》いて、宗室としての自覚が欠如《けつじょ》していたことを突《つ》きつけられる。

身を硬《かた》くする彩華に一瞥《いちべつ》を向けて、朗清は安世を窘《たしな》めた。

「関心があったとしても、昭季公主に何ができる。求めすぎだ」

「そうですかな？　先帝が直接命令書を書き、担当部署へ送りつけるという行政組織の存在意義を無視する暴挙に出た時、諫《いさ》めるべきではなかったですかな？　命令の精査はされず、政策実行における根回しも準備もなく、大臣たちの申し立てを封殺《ふうさつ》し、誰も先帝の暴走を止めることができなくなった中、公主であるからこそ、できた提言もあるでしょう」

当時の状況《じょうきょう》を考えれば、安世の言うとおり公主という公《おおやけ》の立場があるからこそ、皇帝に物申すことはできたはずだ。

ただ結果として、彩華はしなかった。自ら先帝を諫めるなど、考えもしなかったのだ。

厳然たる事実があるため、朗清も彩華を庇《かば》いきれずに黙《だま》る。

「陛下が同情されるのもわかりますぞ。昭季公主の憐《あわ》れな生《お》い立ちは。公主であるにも拘《かかわ》らず離宮《りきゅう》に追いやられ、まともな後ろ盾《だて》も教育係もつけられず、皇帝の訪《おとず》れもなく放置され、しまいには適齢《てきれい》期をすぎそうになっても簪《かんざし》を挿《さ》す段取りも行われず。果てには臣下である母方の実家に頼《たよ》らざるを得なかった。公主に据《す》えられていながら、何一つ公主としての待遇《たいぐう》を得られなかったのですからな」

後見である先帝に成人の儀《ぎ》式《しき》の世話もされず放置されたことは、公主として恥《はじ》以外の何ものでもない。成人の儀のために公主が臣下である母の実家を頼らなければならなかったのも、名前だけの公主と軽《かろ》んじられるも同じ。

先帝にも理由があったと理解はしていても、他人に突きつけられれば胸が痛んだ。

「陛下も葉氏を根絶やしにしたいほどの苦汁《くじゅう》を舐《な》めさせられたではありませんか」

俯《うつむ》こうとした彩華は、何故《なぜ》庇うのかという安世の言葉に朗清を見つめる。

「中央の混乱から地方は乱れ、対応は遅《おそ》く、その末に高まる民《たみ》の不満により地方の反乱が起こったではないですか。陛下の故国も戦乱に巻き込まれ、先帝からの援助《えんじょ》も支援もなく。自国を守るために独自に軍備を整え、時には国軍と干戈《かんか》を交える事態にまで発展したでしょうに」

安世の指摘に、朗清の目にも鬱屈《うっくつ》の色が浮《う》かぶ。

彩華は両手で口を覆《おお》った。先日、争いが不毛だと語った彩華に反応した朗清の心情を思って、血の気が引く。

争う不毛さを、誰《だれ》よりも朗清自身が知っていたのだ。

同じ国の民でありながら、敵味方にわかれて戦わなければならなかったのは何故か。安世が言う先帝の失策による苦汁を、朗清が押しつけられた結果なのだ。

知らなかったとはいえ、彩華の発言はあまりに無神経だった。同時に葉氏の公主として、知らないでは許されないことでもある。

「北の異民族に地方が取られた現状も放《ほう》り出して、先帝は己の命惜《お》しさに都さえ捨てて逃《に》げたのですぞ。その上、皇帝の権力を笠《かさ》に着ていたはずの側近さえ勅令《ちょくれい》で振《ふ》り回し、醜態《しゅうたい》をさらしたために政治的影響《えいきょう》力を削《そ》がれた旧臣ばかりを残して」

無能者め、と愚痴《ぐち》る安世はなおも言い足りない様子で不満を呟《つぶや》く。安世が本当に非難したいのは旧臣であると、彩華にもわかった。そうとわかっても、心は竦《すく》んでしまう。

安世の怨恨《えんこん》の大部分が先帝時代に政に関《かか》わった者に向かっているとは言え、彩華が葉氏であることは変えようのない事実。他《ほか》にも葉氏である彩華を恨む者がいてもおかしくないのだ。

彩華が震《ふる》えながら見ると、朗清は一度吐息《といき》した。

「……安世、お前は疲《つか》れているんだ。ここ三日、まともに寝られていないと言っていたな？今日は帰るぞ。宮城に戻《もど》ったら一度寝ろ。これは命令だ」

まだ言い足りない様子の安世だが、朗清の強い視線を受けて、冷静さを取り戻した様子。

朗清に目を向けられ、彩華は肩《かた》を跳《は》ね上げる。

「すまない、公主。その……」

なんと慰《なぐさ》めていいか迷う朗清に、彩華は首を横に振る。

安世の言葉を、朗清は決して否定しなかった。つまり、朗清から見ても先帝の悪行は非難されて当然のものだということだ。

彩華では想像もつかない話だった。叔父《おじ》である先帝に恩を感じていた身では、決して考えつかない非難の数々を、朗清も胸にしまっていると思うと、まともに見ることもできない。

「……陛下は、藍陽に至られた時、何をお考えになっておいででしたか？」

彩華は震える声で零《こぼ》してしまった問いに狼狽《ろうばい》する。

朗清も一瞬《いっしゅん》悩《なや》む様子を見せたが、彩華から目を逸らして答えた。

「荒れた地方や、野放図な地方行政を見て都に至った。だから、物資の集積地としてまだ機能している藍陽の様子と、食うに困らない物資の量に驚《おどろ》いた、な。ひどい偏《かたよ》りが、国内で起きている状況をこの目で見て、正さねばならないと思った」

物資集積の機構は、歴代の葉氏皇帝によって築かれた遺産と言える。藍陽は都市名にも見えるとおり、元もと染色《せんしょく》素材の集積地として栄えた流通拠点《きょてん》だった。藍陽築城から先帝の頃《ころ》まで磨《みが》かれ、維持《いじ》された機構だが、それにも陰《かげ》りが見え始めていた時に朗清が皇帝となったのだ。

「その機構を活性化させることで今、都の回復を図っている。先帝は藍陽に残る物資財産のほとんどを手つかずのまま残して行った。正直、強欲《ごうよく》なのか弱腰《よわごし》なのかよくわからない人物だ。ただ、そのわからなさや偏りが国を乱したのだとは思っている」

迷いのない声で答える朗清は、彩華に聞かれるまでもなく、何が問題であったかを考え、同じ轍《てっ》を踏《ふ》まないためすでに動き出しているのだ。

「まぁ、過去の人物を批判したところで、未来の問題は解決しない。今さら先帝《せんてい》をどうこうする気はないので安心するといい」

朗清は、彩華を慰めるようにそう言うと、踵《きびす》を返して亭子《ていし》を後にする。

今さら事実を突きつけられて動揺《どうよう》する彩華では、もはや何も言えない。

彩華はそのまま頭を下げて、帰る朗清たちを見送る以外に何もできなかった。


日が落ちてから、相真が春霞宮にやってきた。

老趙にでも聞いたのだろう。彩華の様子を見に、武官の宿舎を抜《ぬ》け出してきたのだ。

「彩華さま、何言われたんだよ？」

日中、朗清が訪れた際、老人たちはそれぞれが珍獣《ちんじゅう》の世話をしていて、庭園の中にはいたが遠巻きに見ていただけだった。

彩華自身、安世の言葉を受け止めきれず、老人たちには詳細《しょうさい》を話せないままでいる。

「皇帝陛下は無理でも、あの安世って学士くらいは来訪拒否《きょひ》してもいいんじゃないか？」

「大丈夫《だいじょうぶ》よ、相真。安世どのは、ちょっとお疲れだっただけ、だから」

顔を見なくとも、相真が怒《いか》りに顔を顰《しか》めているのは声からも窺《うかが》えた。

相真は内院の御殿《ごてん》、彩華が起居する部屋の外にいた。日が暮れてから女性の部屋に入るのは憚《はばか》られるため窓越《ご》しでいいと、相真が彩華の招きを固辞したのだ。

「それでも彩華さま泣かせていいわけないだろ」

突然《とつぜん》帰った朗清に驚いて、老人たちはすぐさま亭子へとやって来たのだ。

心配する言葉を投げかけられ、彩華は気が緩《ゆる》み涙《なみだ》を零してしまった。

「私が、受け止めきれなかっただけで、何も、安世どのが悪いわけじゃないの」

「何か言われたんだろう？　一人で抱《かか》え込むなよ。受け止めきれないなら、少しくらい肩代わりしてやるって」

何を言われたのかを聞き出そうと、相真は促《うなが》すが、彩華は室内で首を横に振った。

「それは……私が考えなければいけないことなの。言われなければ気づかなかった私が、悪いのよ。………浮かれすぎちゃったの、私」

相真から否定の言葉はない。彩華が今さら気づいたことを、相真はわかっていたのだろう。

朗清の訪れを楽しみに、珍獣について話す時が待ち遠しくて浮き足立っていたと。

もちろん、老人たちや相真と楽しく語らうことはある。その語らいは何処《どこ》か家族の団欒《だんらん》のような安心感はあるものの、朗清を招いた時のような高揚感《こうようかん》はなかったのだ。

窓越しにも不満げな雰囲気《ふんいき》がわかり、彩華は苦笑《くしょう》を零す。

「心配をかけてごめんなさい」

「心配くらい、いくらでもする。謝ることじゃない。どっちかって言うと、頼ってもらえないことのほうが不満だ」

「ふふ、そんなことないわ。昔から頼りにしているのよ」

「だったら――」

「私、気づいたの。相真には頼ってばかりで、私自身、何もしてなかったんだって。私の問題なのに、自分で解決できないなんて、駄目《だめ》。情けないわ。私は、公主だったのに……」

窓越しに不満げな空気が漂《ただよ》ってくる。それでも彩華の決心がわかったのか、相真は溜《た》め息を吐《つ》いて引いてくれた。

そうして彩華を一番に考えて自分を後に回す相真の心遣《こころづか》いが、少し寂《さび》しく思える。

いつでも相真は、特別扱《あつか》いをしてくれた。幼い頃からの気安い関係と共に、決して超《こ》えることのない線引きがお互《たが》い暗黙《あんもく》の了解《りょうかい》としてあることが今ならわかる。

朗清と安世という、対等な関係を知った今なら。

「……ねぇ、相真。昔、私を春霞宮から連れ出して引き合わせてくれたあなたの友人がいたでしょう？　あの子とは、今もつき合いがあるの？」

「なんだよ、急に？　じいちゃんにしこたま怒《おこ》られたあの時か？　あれ、言ってなかったっけ。あいつも今、同じ武官として働いてるんだ。今日も、抜け出すのを手伝ってもらったんだよ」

初耳だったが、彩華は何も言わず苦笑する。

気配を察した相真は、言いたいことを飲み込むように息を吐いた。

「ともかく、今夜はじいちゃんとこに泊《と》まるから。聞いてほしいことあったら言ってくれ」

「いいの？　外泊《がいはく》許可は取ってないのでしょう？」

「朝早くに戻ればばれないさ。…………彩華さま、これだけは覚えておいてくれ。別に俺もじいちゃんたちも、彩華さまが公主だから従ってるわけじゃないんだぜ」

そう言い残して、相真は窓から離《はな》れていった。

「相真！　あ、温かくして寝《ね》てね」

窓を開けて声をかければ、秋の夜風が冷たい。答えるように片手を上げた相真は、厨房《ちゅうぼう》のほうにある使用人の生活の場へと向かう。

足音も聞こえなくなると、内院には彩華一人。

荒《あ》らさないよう珍獣もほとんど入れておらず、いつもは控《ひか》えの間にいる老女も、今日は引いてもらっている。

「……相真。私には、あなたと違《ちが》って呼べる友の名さえないの」

窓を閉めれば、寝室《しんしつ》には手燭《てしょく》の灯心が燃える微音《びおん》がするだけ。彩華はすでに寝間着姿だが、静かすぎることさえ気になって眠《ねむ》れる気がしない。

寝台に腰《こし》かけ、枕元《まくらもと》の香炉《こうろ》から昇《のぼ》る煙《けむり》を見る。

揺《ゆ》れる煙を目で追うでもなく、彩華は脳裏《のうり》に浮《う》かぶ今日のできごとを思い返していた。

後宮で育つこともなかった彩華だが、それでも公主としての自負があったのだ。

「宗室に生まれたのだから、公主の位を賜《たまわ》ったのだからと、いずれ相応《ふさわ》しい扱いが訪《おとず》れるのをただ待っていただけ。なのに、公主に生まれた意味を実感したかったのね、私……」

相真が言ったように、春霞宮の者たちは公主だからという理由で一緒《いっしょ》にいてくれていたわけではないとわかっている。それだけ親しみを抱《いだ》いて、案じてくれていることも知っていた。

そんな数少ない周りの温かさは、嬉《うれ》しくもあり、寂しくもあったのだ。

「どうして自分の気持ちまで忘れてたのかしら。その上、家族のようだなんて…………。私は、公主として扱われたいという我が儘《まま》のために、珍獣を利用したのに」

公主としての立場を保つ自己満足のため、珍獣の世話をして、守ると言いながら自尊心を保つために囲い込んだのではないか。春霞宮に残ったのも、珍獣の世話をしたのも、公主としての名目を守るため。

「でも……好きなのは本当、よ…………」

ただ純粋《じゅんすい》な気持ちではなかっただけ。

思い返せば、母が亡《な》くなってから珍獣の世話に参加するようになった。母が世話に反対していたこともあるが、何よりの理由は、寂しかったからだ。

公主の立場に未練はないと思っていた。だというのに、公主として朗清に見出《みいだ》されて嬉しく思ったのも本当だ。朗清だけは公主と呼んで、そう扱った。沙汰《さた》を下すためだとしても、宗室の一員であったことを認められた気がしたのだ。

その場では受け止めきれなかった安世の言葉も、一人になって考えれば、他人頼《だよ》りの甘えがあったことに、気づかされる。

「……なんて弁《わきま》えのない」

初めて彩華は、先帝によって荒廃《こうはい》した地方の現状を知る者の口から直接、悪政の影響《えいきょう》を聞かされたと言える。安世の言葉には、怒りという生々しい感情が宿っていた。

士倫からも先帝の治世について聞いたことはあった。手を尽《つ》くしたが悪政と言われていると士倫が心痛める姿に、ままならないものだと同情した。

「安世どののように見れば、国を裁量する者が過誤を起こすこと自体が、罪……。努力はしたけれど間違《まちが》ったことと、間違った上に無駄《むだ》な努力をしたのでは、ずいぶんと違うわ…………」

士倫と安世の言葉を要約すれば、そういうことになるのだろう。

結果を見れば、悪政に泣いた被害者《ひがいしゃ》がいる。だから先帝は追われた。

追った朗清もまた、悪政の被害に遭《あ》ったのだ。そんな当たり前のことを考えもせず、春霞宮の存続のためと意気込んでいた彩華は、自分が恥《は》ずかしくなる。

朗清は、どんな思いで自分に会っていたのか。初めて顔を合わせた日の、張り詰《つ》めた緊張感《きんちょうかん》が思い出された。

「最初の反応も、当たり前……。私は、陛下からすれば民《たみ》を虐《しいた》げた側なのだから。なのに、怖《こわ》いだなんて。あれは、陛下が皇帝として間違いがないよう冷静に徹《てっ》したお顔。それを怖いと思った私には、ただ身分に相応しい覚悟《かくご》がなかっただけなのに…………」

彩華は、朗清の訪れに浮かれて、朗清自身を慮《おもんぱか》っていなかったことに唇《くちびる》を噛《か》んだ。

「きっと、何も知らないことが、罪ね。それなのに、……近づけた、気になるなんて」

広がる虚《むな》しさに、彩華は堪《たま》らず胸を押さえた。

「こんなことで、気づくなんて…………。私はなんて愚《おろ》かだったのでしょう」

彩華は、寝台に仰向《あおむ》けに倒《たお》れると、目元を腕《うで》で覆《おお》う。

朗清の訪れを喜んでいたのと同じ強さで、胸に去来する不安。

「公主としても名ばかりの私が。苦汁《くじゅう》を舐《な》めさせた葉氏であるのに。…………嫌《きら》われている、でしょうね。陛下が理解を示してくれたと喜んだこと自体が、間違い……」

口にすれば舌に苦く感じるほど胸に痛い言葉。

実の叔父《おじ》にも忘れ去られたような公主を見つけて、理由はどうあれ足を運んでくれたのは朗清だ。そんな朗清に、彩華はただ好かれたかった、近づきたかった。当たり前の考えに、彩華は後悔《こうかい》を覚える。

「こんな無責任な私が望むべきではないのに。それでも、これ以上嫌われるのは、嫌《いや》……」

言葉にすれば、とても弱々しい声だったが、胸の内では叫《さけ》びたいほど切実な思いだった。

「きっと、陛下は優《やさ》しいお方……。安世どのの言葉を否定なさらないのに、私を庇《かば》い、慰《なぐさ》めようと言葉をかけてくださった」

だからこそ近くにいたい。そんな気遣いに、せめて応《こた》えられるようになりたい。

「……珍獣《ちんじゅう》は皇帝《こうてい》のもの。私が独占《どくせん》していて、いいの？」

腕をどけると目元が熱い。

彩華は大きく息を吐きだして涙《なみだ》を堪《こら》える。

「春霞宮の存続は、きっと迷惑《めいわく》でしかない。陛下の手に委《ゆだ》ねるのが、正しいはず………」

春霞宮の取り潰《つぶ》しを再考すると言った朗清の優しさに縋《すが》りそうになる自分を叱《しか》りつけるため、彩華は言葉にする。

「だとしても、陛下に迷惑をかけないよう考えなければならないでしょう？　それに安世どのにこれ以上自分勝手だと非難されないようにしなければ……。私が、どうにかしないといけないことではないの」

朗清の恩情で珍獣を守ろうとしたのが間違いだと、彩華は寝台の天井《てんじょう》を見上げて考える。

すでに決定を保留にしてもらっているだけでも恩情だ。これ以上、朗清に頼ってはいけない。春霞宮を取り潰すほうがお金はかかるという理由で撤回《てっかい》されるのではなく、春霞宮が朗清にとって有用であると示さなければならない。

そう思うのに、彩華は朗清にまた笑ってほしいという思いが胸を過《よぎ》る。

「……せめて、瑞獣《ずいじゅう》が陛下に慣れるまでは。それまでなら一緒《いっしょ》にいられる？　また笑いながら話ができる、かしら？」

もし春霞宮が存続しても、彩華が朗清の側《そば》にいられる道理はない。

「それでも、それまでは嫌われないようにいたい……」

また熱くなる目頭《めがしら》を腕で覆って深呼吸をする。泣かないよう何度も瞬《まばた》きを繰《く》り返した彩華は、寝台から起き上がった。

「友人のような陛下と安世どのの関係に憧《あこが》れるのに、私は公主として扱《あつか》われたいなんて」

自分の我が儘な考えに、彩華は嘆息《たんそく》する。相矛盾《むじゅん》する思いに、自分がわからなくなってきた。

「駄目《だめ》、頭が回らない。それに、公主としての身の振《ふ》り方ってどうすればいいのかしら？　相真に、話を聞いてもらったほうが良かった？」

安世に言われなければ考えもしなかった。一人で考えても間違った判断をしそうで怖い。

「相真は、安世どののことを言えば怒ってしまいそうで言えないわ」

もし安世を批判したなどと誰《だれ》かの耳に入れば、相真の立場が悪くなってしまう。

「怒らず聞いてくれる人……あ」

彩華の頭に従兄《いとこ》の笑顔《えがお》が浮かぶ。何より同じ葉氏で宗室としての経験もある。元公主として何をすべきか、彩華に助言をくれるかもしれない最たる人物だった。

「ちょうど、陛下が次にいらっしゃる予定の前日に士倫さまとお会いするから……」

彩華は甘えすぎないようにと念じながら、安世に言われたことを反芻《はんすう》して、士倫に会った時どう話を切り出すかを考え始める。

夜が更《ふ》けていく中、灯火の芯《しん》が燃え尽きるまで、彩華は寝《ね》ずに考えに耽《ふけ》っていた。

六章　君子和して流せず

士大夫の屋敷《やしき》が並ぶ界隈《かいわい》から外れた都の片隅《かたすみ》に、士倫が住まう屋敷はあった。

中庭を中心に左右対称《たいしょう》に作られた家屋は、決して大きくはないが、養う家族もない青年が住まうには十分な広さがある。

士倫は書斎《しょさい》として使う一室で、春霞宮で貰《もら》った豪猪《やまあらし》の針毛を弄《もてあそ》んでいた。

「美しい色合いに、鋭利《えいり》な形も鮮烈《せんれつ》な印象がある。ただ、中が空洞《くうどう》で存外脆《もろ》いのが、難点ですね。象牙《ぞうげ》のようなものなら、彫刻《ちょうこく》でさらに美しくできたのに」

機嫌《きげん》良く白と黒の縞《しま》を持つ針毛を回していると、衝立《ついたて》の向こうで使用人の長たる家宰《かさい》が入室の許可を求めてくる。

「失礼いたします、士倫さま。国からの報告が届きましたので、お持ちいたしました」

灰色の髪《かみ》をした家宰は、皺《しわ》の目立ち始めた目元で一度豪猪の針毛を見ると、言及《げんきゅう》はせずに綴《つづ》られていない木製短冊《たんざく》の束を差し出した。

家宰の言う国とは、士倫が葉氏の王として治めていた国のこと。朗清は王位を失った時点で国とは切れていると思っているようだが、実際はこうして綿密に連絡《れんらく》を取り合っていた。

士倫は短冊を目立たぬようつけられた印に従って並べ直す。そうしてできた文章も暗号となっており、万一のための備えはしてあった。

士倫が継承《けいしょう》争いを見据《みす》えて集めた部下は、国に残してきた。部下からは反旗を翻《ひるがえ》せとの声もあったが、ほぼ単身で士倫は科挙を受けて都へ戻《もど》って来たのだ。

自ら認めて集めた部下の力は信頼《しんらい》しているが、帝位を得るための策謀《さくぼう》だからこそ己《おのれ》の手で成し遂《と》げなければならないという、士倫なりの拘《こだわ》りを押し通した。

何より、正面から争うのでは、宮城に父が残した芸術品の数々が被害を受ける可能性がある。価値を知らない元将軍などに、任せてはおけない。

「侵攻《しんこう》する異民族が先か、冬を越《こ》せずに餓死《がし》する農民が先か、悩《なや》ましいところですな」

短冊を頭の中で並べ直して内容を把握《はあく》した家宰は、士倫が藍陽を離《はな》れる際国に同行させ、都に戻る時にもついて来た逸材《いつざい》だ。

家宰は宮仕えの経験もあり、宗室として育った士倫を不快にさせることのない教養も備えている。士倫が報告の内容を把握した瞬間《しゅんかん》を過《あやま》たず声をかけてきた。

「畑も耕さない異民族が、収穫《しゅうかく》時期だけはしっかり把握しているのがなんとも……。僕としては、邪魔《じゃま》な異民族を討伐《とうばつ》しに、高朗清が都を空けてくれたほうが動きやすいところだけど」

士倫の部下は、都の目の届かない場所で、各地の情勢を把握し、士倫へと報告している。同時に、国では来る日《きたるひ》に向けて兵の支度《したく》も秘密裏《り》に行われていた。もちろん、朗清が派遣《はけん》した官《かん》吏《り》の目を掻《か》い潜《くぐ》っての働きだ。

「高朗清を倒すのはまだ早い。僕は、準備不足で皇帝になってから困るのはごめんだ」

朗清の轍《てつ》は踏《ふ》まないと士倫が言えば、家宰は理解を示して頷《うなず》く。ふと思い出し笑いをすると、片眉《かたまゆ》を上げて主人の心中を推《お》し測ろうとした。

「楽しげなご様子。また蛇《へび》でございますか？　昨日春霞宮から戻られてより、ずっと同じ調子でいらっしゃいますな」

呆《あき》れを含《ふく》んだ家宰の指摘《してき》に、士倫は手にした豪猪の針毛を首の代わりに横に振った。

「そちらは心配のほうが先立つ。これ以上寒くなると黒蛇《こくだ》の体力が不安なのだそうだ。春霞宮絡《がら》みは当たっているが……僕が今考えたのは人のほうだ」

「あぁ、従妹君《いとこぎみ》の。また何か、士倫さまの琴線《きんせん》に触《ふ》れることが？」

珍《めずら》しそうに瞬《まばた》きする家宰に、士倫は機嫌良く応答する。

上辺だけの旧臣相手とは違《ちが》う様子で、品は崩《くず》さないが、取り繕《つくろ》いもせず笑った。

「ふふ、実はな……彩華どのはすでに、高朗清から求婚《きゅうこん》されていたらしい」

「なんと。士倫さまは、それを止めに春霞宮へ行かれたはずでは？」

葉氏が後宮入りすることで、朗清の正統性を補強しかねないため、士倫は最初、会ったこともない従妹の下《もと》へ様子を見に行った。

家宰は自身の発言に気づいた様子で、一度口に手を当てて息を吐《つ》く。

「……そのはずが、蛇に心奪《うば》われて帰られましたな…………」

「否定はしない。正直あれ以来、後宮入りを止めなければいけないということを忘れていたんだけれど。昨日、向こうから話してくれてね」

普段《ふだん》の純粋《じゅんすい》な笑顔の失《う》せた彩華は、迷いながら、言葉を選び、それでも自身の心の内を伝えようと必死で士倫に意見を求めた。公主として甘えていた自分を正したいと。

何故《なぜ》そう思うに至ったかの話を聞き出す中で、珍獣の飼育に関して、朗清の後宮入りを断ったという話が出た。

先手を打たれていたという焦《あせ》りで、少々彩華を脅《おど》しすぎたのか、泣いてしまったのは、士倫としても失敗だったと思っている。

ただ優《やさ》しく慰める中で、彩華の後宮入りに対する忌避《きひ》感は煽《あお》れた。また朗清が後宮入りを画策しても、彩華は易々《やすやす》とは頷かないだろう。

「では、昭季公主の後宮入りはすでに動いていたと？　ご様子から、阻止《そし》の一手は打てたように見えますが」

「いや、後宮入りは保留状態だとか。ふふ、なんでも、祖廟守《そびょうもり》になると言って断ったらしい。その上で高朗清が春霞宮に通うのは、瑞獣が欲しいのだろうと」

「なるほど。自身が利用される立場であることはわかっておいでですか……」

家宰は士倫に今後どうするかという意図をもって視線を送るが、当の士倫は透《す》かし窓からまだ蕾《つぼみ》もついていない木蓮《もくれん》の枝を眺《なが》めていた。

離宮《りきゅう》の中しか知らない無知な彩華は、他人の激情に触れてようやく己を省《かえり》み始めたばかり。その姿はまだ、美しいとは言えない拙《つたな》さが目につく。

それでも花開く前の蕾のような期待感を、士倫は覚えていた。

「そうか……。彩華どのの心の清さが、美しい珍獣《ちんじゅう》を育てるのかもしれない。となると、あまり変化を望ませないほうがいいのかな？」

いつも慎《つつ》ましく彩華に隠《かく》れる双暂という白い蛇は、彩華が自ら孵《かえ》したという。

恍惚《こうこつ》とも言えそうな表情で双暂を思い、士倫は溜《た》め息混じりに呟《つぶや》いた。

「少なくとも彩華どのには公主としての矜持《きょうじ》がある。父よりよほど美しい生き方をしそうだ」

「では、利用するのはおやめになりますか？」

「そうだな。あの春霞宮で高朗清を叩《たた》くような真似《まね》はしない。今までどおり、僕の目眩《めくら》ましに使う程度で留《とど》めよう」

「蛇を盗《ぬす》み出す算段は如何《いかが》いたしましょう？」

「脱皮《だっぴ》が上手《うま》くいかないと死んでしまう蛇もいると聞いたからには、やはり彩華どのの手元にいるほうが健《すこ》やかだろう。……それと、彩華どのを悲しませるのも、あまりしたくないな」

堪《たま》らず一滴《ひとしずく》だけ零《こぼ》れた彩華の涙《なみだ》は美しかったが、それが朗清のために流されていると思うと厭《いと》わしくもある。

涙は悪いものではないが、彩華の萎《しお》れた風情《ふぜい》はいただけない。

己の美意識の下、一人頷く士倫に、家宰は眉をあげた。

「ずいぶんとお気に召《め》したご様子で」

「ふふ、春霞宮に行くのが楽しみなくらいにはね」

「……相当でございますな」

家宰は士倫の軽い肯定《こうてい》を重く受け止めた様子で黙考《もっこう》する。

「………では、士倫さまの楽しみのため、高朗清を春霞宮から遠ざけますか？」

士倫の胸中をしっかり捉《とら》えている故《ゆえ》に、家宰はそう進言した。

「なるほど、それは一考の余地がある。何より高朗清が瑞獣《ずいじゅう》として欲しがる中に、あの勇壮《ゆうそう》な亀《かめ》がいる。堂々たる体軀《たいく》、楼閣《ろうかく》の如《ごと》く美しい甲羅《こうら》、理知的でありながら愛らしさも兼《か》ね備えた濡《ぬ》れた瞳《ひとみ》。あんな美しい生き物を、むざむざ与《あた》えるつもりはない」

熱っぽく語る士倫は、それだけ朗清と彩華の引き離しを本気で検討する意欲を示した。

「それでは、旧臣を使って高朗清を忙殺《ぼうさつ》させますか？」

「いや、旧臣は駄目《だめ》だ。春霞宮で高朗清を暗殺しようなんて馬鹿《ばか》な 謀《はかりごと》を注意したら、臍《へそ》を曲げた」

士倫は途端《とたん》に冷徹《れいてつ》な光を目に宿して手を振《ふ》る。

春霞宮で捕《と》らえられた黒い革鎧《かわよろい》の賊《ぞく》は、もちろんわざと逃《に》がした。その上で、他人の手柄《てがら》を横取りする厚顔無恥《こうがんむち》な白髪《しらが》の旧臣に釘《くぎ》を刺《さ》したのだ。

すると、下見だけだ、やる時には士倫へ相談するつもりだったと言い訳した上で、不服の色を覗《のぞ》かせていた。他《ほか》の旧臣も朗清に痛手を負わせたくてしょうがないらしく、どちらかと言えば、釘を刺す士倫に不満そうだった。

遅延《ちえん》させているとは言え、改革の準備が進んでいることに危機感を覚えているのだろうが、もっと大きな視野さえ持てば、朗清の改革の破綻《はたん》はそこまで来ているとわかるというのに。

「地を這《は》う愚者《ぐしゃ》に、天より見下ろす鳥瞰《ちょうかん》の視点を持てと言っても無駄だな……。今回止めたことで旧臣に不満が蟠《わだかま》っている。今旧臣を動かすと、ことを急《せ》いて馬脚《ばきゃく》を現しそうだ」

「矜持に見せかけた傲慢《ごうまん》が、急き立てているのでしょう。皇帝《こうてい》にも見捨てられた時点で職を辞すこともなかった、己の分も弁《わきま》えられない程度の人間です」

家宰《かさい》も旧臣たちには辛辣《しんらつ》だ。宮仕え経験があるため、旧臣の無能さを知っているため、実感があるのだろう。

「このまま守りに入られても難儀《なんぎ》だ。隙《すき》を作るため、高朗清に功を立てさせてやろうと思う」

餌《えさ》を用意して罠《わな》を仕かける。そんな士倫の意図を察した様子で、家宰は主人の言葉を待った。

同時に、室外で報《しら》せを告げる声が立つ。

如才《じょさい》なく家宰が応対に出たものの、士倫の前に戻《もど》った家宰の顔が渋《しぶ》い。

「士倫さま、見張りからの報告です」

告げられたのは、朗清に私怨《しえん》を持つ口髭《くちひげ》の旧臣が、手勢を率いて動いたという報告だった。

「高朗清が普段より少ない手勢で春霞宮に向かったために、好機を逃《のが》すまいと動いたとか。幾《いく》人《にん》か、旧臣たちはこの動きを黙認《もくにん》したそうでございます」

「本当に……、何処《どこ》まで下策を！」

いきり立つ士倫は、織手《せんしゅ》に豪猪《やまあらし》の針毛を持ったまま、出かけるために動きだす。

「僕はすぐに春霞宮へ向かう。見張りにはいつでもあの莫迦《ばか》を確保できるよう控《ひか》えておけと指示を。彩華どのたちを巻き込むわけにはいかない！」

乾《かわ》いた風に赤い葉が舞《ま》う。彩華は春霞宮で複数の珍獣たちを散歩させながら、蒼緑色《そうりょくしょく》の下裳《かも》の上で揺《ゆ》れる艶紅色《えんこうしょく》の布帯ばかりを見ていた。

廏《うまや》の珍獣四頭を先頭に、彩華の隣《となり》を犬たちが取り巻くように歩いている。猫《ねこ》と狐《きつね》は遊びなのか、馬や馬鹿《うましか》の背に乗って歩こうとはしない。彩華の首に身を寄せた双頭蛇《そうとうだ》の双皙は、二つの頭で交互《こうご》に彩華を窺《うかが》っていた。

庭園の外側に設けられた通路を巡《めぐ》る散歩は、すでに西側の通路から廏に向かう途中。火球と星斗の手綱《たづな》を牽《ひ》く老趙と相真は、声を潜《ひそ》めて話し合っていた。

「あの従兄《いとこ》さまは、何言って彩華さまを落ち込ませたんだよ」

「いや、この場合は陛下のほうを引きずっておられるのだろう。彩華さまは、従兄さまに助言を請《こ》うたのじゃからな」

彩華は昨日、士倫に身の振り方を相談した。春霞宮の取り潰《つぶ》しの可能性に表情を険しくした士倫は、相真と同じく後宮入りは断って正解だと言ったのだ。

朗清の故国啓から、婚礼《こんれい》の勧《すす》めがあるのだと言う。皇帝となったがまだ妻帯していない朗清にとっては、故国との結びつきを確たるものにできる婚礼は願ってもないことのはずだ。だというのに婚礼を進めないのは、他の国との力関係を思ってだと士倫は言った。

啓の姫《ひめ》を最初に迎《むか》えたとなれば、故国が他の者たちから嫉妬《しっと》される。啓の兵を都に置いているため、いらぬ波風は立てたくないのだろう、と。

士倫は、啓の姫と婚礼するための緩衝材《かんしょうざい》として、彩華に後宮入りを命じたのではないかと言った。その上で、故国からの婚礼の申し入れを断らないのは、啓に思う相手でもいたのかもしれないと語ったのだ。

彩華が後宮に入れば、血筋から啓の姫よりも高位に据《す》えられる。朗清の想《おも》い人は下位に甘んじ、彩華は決して幸せにはなれない結婚だと言われ、堪らず涙が零れてしまった。

泣かせてしまったと狼狽《ろうばい》する士倫に申し訳なく、己《おのれ》の不甲斐《ふがい》なさを思い出して彩華が俯《うつむ》くと、相真が堪りかねたように声をかける。

「結局は、陛下に近づきすぎるなってこと言われたんだろ？　あの従兄さまの都合もあるんだろうから、あまり悩《なや》みすぎなくていいと思うぜ。彩華さまは今のままでいいんだよ」

「本当に、今のまま――」

相真の慰《なぐさ》めに顔を上げると、待っていたとばかりに珍獣たちが顔を寄せてきた。

「ともかく彩華さまは顔上げろよ。そいつらが心配するだろ」

「そこは己がと言えんのか」

「じ、じいちゃん……っ」

呆《あき》れる老趙に、相真は赤くなって慌《あわ》てる。素《す》直《なお》でないながら、彩華は気《き》遣《づか》いが嬉《うれ》しかった。

「ふふ、相真にはいつも心配されてる気がするわ。私ももっと大人にならなきゃ。やっぱり今のままじゃ駄目よ」

一度は朗清に請われた後宮入りさえ、身の置き所がないと教えられ傷つくようでは駄目だ。

「いや、そうじゃなくて………っ」

口を尖《とが》らせる相真の脇《わき》を突《つつ》く老趙。相真は祖父の手を払《はら》って、仲良く言い合いを始める。

春霞宮の外周を一周し、珍獣たちと共に前庭に戻る。まだまだ元気な珍獣たちが足を止めないので、目を見交《みか》わすだけでもう一周しようと彩華たちは頷《うなず》き合った。

すると、大門の辺りで珍獣たちは警《けい》戒《かい》するように耳をそばだて立ち止まる。

「どうしたのですか？　あ、金華」

興奮気味に足を踏《ふ》み鳴らす火球の背から、茶虎《ちゃとら》の猫が屋根の上へと跳《と》び上がり、春霞宮の外を凝視《ぎょうし》する。双皙にも何か聞こえているらしく、金華と同じ西側へと鎌首《かまくび》を伸《の》ばし始めた。

火球を宥《なだ》めていた老趙は、何かに気づいた様子で耳を澄《す》ます。遅《おく》れて相真も老趙に倣《なら》った。

「じいちゃん、これ……」

「少し距離《きょり》がある。様子を見て来い、和正」

老趙の指示に頷いた相真は、星斗の手綱《たづな》を祖父に託《たく》して大門から外へと出ていく。

「何か異変があったの、老趙？」

「いや、心配召されるな。何やら金属音がしましてな。何、念のためです」

笑い皺《じわ》を浮《う》かべて答える老趙に、彩華も耳を澄ませてみる。すると風向きが変わり、彩華にも聞こえた。

金属音だけではなく、争う声も微《かす》かに聞こえてくる。

「こんな所で、何かしら？　捕《と》り物でも？」

「彩華さま、大門に近づきすぎぬようにお願いしますぞ。わしは、他の者たちを呼んできますので、散歩は切りあげましょう」

連れている珍獣《ちんじゅう》が多すぎて、飼育場所に戻すにも人手がいる。老趙は言いながら、手早く手綱を木へ括《くく》りつけると、庭園へと向かい始めた。

庭園では他の珍獣たちが運動中なのだ。喧嘩《けんか》しないよう、先に収容すべき珍獣もいる。

彩華はその場に残って珍獣の見張りをしつつ相真の帰りを待つことになった。

大門の向こうから走る足音が聞こえ、彩華は相真の帰りを予期して両開きの大門の片側を開ける。すると、扉《とびら》にかけられたのは女性と見間違《みまちが》うような繊手だった。

「これは、彩華どの！　ちょうど良かった」

「まぁ、士倫さま？　今日はお出《い》での予定はなかったはずですが、いったい……」

走ってきたのは士倫だったらしく、驚《おどろ》く彩華に微笑《ほほえ》みながら息を整える。

今日は朗清が来る日。そのため彩華も珍獣の散歩はしていたが、着ているのは日向黄色《ジッコウコウ》と槐《かい》黄色で刺繍《こうしょくししゅう》の施《ほどこ》された手の込んだ上衣《じょうい》。布帯と揃《そろ》いの艶紅色の披帛《ひはく》を纏《まと》えば、朗清を迎えられるよう準備をしていた。

「いえ、その……少々お話ししたいことが。少しお時間をいただけますか？」

「え、えぇ、珍獣たちを戻した後でよろしければ。そうです、外で何が起こっているかご存じでしょうか？　何やら物騒《ぶっそう》な音が聞こえておりまして」

「あぁ、どうやら喧嘩があったようで。こちらまでは来ないでしょうが、騒《さわ》ぎが収まるまで戸《と》締《じ》まりをしっかりしておいたほうがよろしいでしょう」

士倫はそう言って大門の中に入ると扉を閉めようとする。

春霞宮があるのは、三重の城壁《じょうへき》の中でも二番目の城壁の内側で、付近には国営寺社などがある上品な界隈《かいわい》だ。目抜《めぬ》き通りに夜市も立つが、通りを外れた春霞宮周辺で喧嘩騒ぎは珍《めずら》しい。

「さぁ、彩華どの。そこにいるのは、どうやら音に敏感《びんかん》な珍獣たちのようですね。そちらをまずは落ち着けましょう」

「はい、そうですね……。では、相真が戻りましたらすぐに金烏館へお通ししますので」

答えようとした途端《とたん》、士倫によって閉められかけていた扉が、外側から引き開けられた。

「おい、誰《だれ》だ？　いったい何してるんだ、って……、あんたは…………」

警戒した声で誰何《すいか》した相真は、振《ふ》り返る士倫に驚き口を開けたままになる。

「あぁ、ちょうど良かったわ。相真どうだった？」

「お、おう……。どうもこうも…………、陛下が賊《ぞく》に襲《おそ》われてて」

「え？　陛下……？　ほ、本当に！」

思わぬ言葉に彩華が叫《さけ》ぶと、士倫の舌打ちが紛《まぎ》れる。

「ど、どうして陛下が……っ」

「いや、陛下だからとしか」

答えに困る相真に、彩華は何も考えず大門へ向かおうとした。すると、横から肩《かた》に手を置かれて止められる。

「彩華どの、ともかく奥へ参りましょう。ここにいらっしゃっては危ない」

「そうだな、いや、そうですね。彩華さま、珍獣も気が立ってる。庭園のほうでも手を焼いてるかもしれない。ここは俺が引き受けるから、小さい奴《やつ》ら連れて庭園に行ってくれ」

「いえ、でも……、陛下が………」

狼狽《うろた》えて動かない彩華に、士倫は普段《ふだん》どおりの笑《え》みを向ける。

「彩華どのでは、できることもないでしょう。あちらは武将、大丈夫《だいじょうぶ》ですよ」

「うん……、まぁ、押され気味だったみたいだけどな」

頬《ほお》を掻《か》きながら呟《つぶや》く相真を、士倫は微笑んだまま睨《にら》む。視線の厳しさに、相真も失言に気づき口を押さえて言い直した。

「いや、彩華さま、大丈夫だって。この方の言うとおり、奥行こう、奥！」

「そうです。心配はいりません。彩華どのは安全な場所へ」

相真は大門から離《はな》れて彩華を促《うなが》す。士倫の同意の言葉に、彩華は閃《ひらめ》くものがあった。

同時に、二門が開いて慌てた様子の老人たちが前庭にやって来る。相真と士倫がそちらに注意を逸《そ》らすと、彩華は大門から外へと飛び出した。

「陛下へ、こちらに避難《ひなん》なさるよう申します！」

「お、お待ちなさい、彩華どの！」

「彩華さま、ってお前ら待て！」

相真の慌てた制止の声を聞きながら、彩華は振り返らず、焦《あせ》る心のままに走る。

あまり外に出なくても、春霞宮周辺なら彩華でも知っていた。音を頼《たよ》りに春霞宮の壁《かべ》沿いに走ると、ちらほら窓から様子を窺《うかが》う民《たみ》の姿がある。

「おいおい、ありゃ何処《どこ》のお嬢《じょう》さまだい？」

「見てぇ！　すごくきれいな人が走ってるよぉ」

人々は走る彩華の姿に驚きの声を上げるが、構わず春霞宮の横手へと駆《か》け込んだ。

そこは建物同士の都合でできた広場のような場所。

春霞宮の塀《へい》を右手に、塀の上からは手入れの行き届いていない松が道へと迫《せ》り出してしまっている。左手には庭園の排水《はいすい》が流れ込む生活用の水路が流れており、彩華が着くと同時に朗清を守る黒い鎧《よろい》の一団が雪崩《なだ》れ込んだ。

「方円の陣《じん》を作れ！　凌《しの》ぐぞ！」

怒声《どせい》の如《ごと》き命令に、兵たちはすぐさま態勢を立て直し、周囲に剣《けん》を向けて構える。それだけで、様子を見に出て来た民は悲鳴を上げて逃《に》げ出した。

追う相手は一貫性《いっかん》のない恰好《かっこう》をしているが、全員の手には抜《ぬ》き身の剣が握《にぎ》られ、すぐさま円を描《えが》いて固まる朗清たちを八方から包囲する。

あまりのことに動けなかった彩華は、春霞宮の角から一部始終を見ることになった。

斬《き》りかかる賊を朗清の兵が迎《むか》え撃《う》ち、中央に囲い込んだ主人を守ろうと奮闘《ふんとう》する。

「ふはは！　往生際《ぎわ》の悪い奴よ。これは皇帝《こうてい》を放伐《ほうばつ》した偽帝《ぎてい》を誅《ちゅう》する義挙である。大義は我にあり ぃ！」

何者かが叫ぶ声が、剣戟《けんげき》の合間に聞こえた。

朗清は彩華に気づく様子もなく、迫《せま》る賊に剣を振って抵抗《ていこう》している。そのすぐ側《そば》には、剣を受けたのだろう安世が、片腕《かたうで》から血を流して脂汗《あぶらあせ》を掻いていた。

円を作る兵の真ん中に匿《かくま》われた朗清と言えど、数で押されては戦わないわけにはいかない。どころか、狙《ねら》いは一人と言わんばかりに、隙《すき》あらば朗清を狙って剣が振るわれる。

応戦する朗清は、敵の剣に冠《かんむり》を弾《はじ》き飛ばされる。一撃《いちげき》を入れたことで賊は口の端《はし》を上げた。

「なるほど。数でしか勝《まさ》れないごろつきだな」

刃先《はさき》で額を切ったらしい朗清は血を流しながらも、吐《は》き捨てるように言って敵を一刀のもとに斬り捨てる。

なおも迫る新手の白刃《はくじん》に、朗清は怯《ひる》まず刃《やいば》を受け、払《はら》い、過《あやま》たず敵を戦闘《せんとう》不能に陥《おちい》らせる一撃を見舞《みま》った。

名将と呼ばれる朗清の強さは疑いようもないが、賊との兵力差は見るからに倍。何より彩華を驚かせたのは、逃げてきた朗清の兵がいつもより少なく、半数程度しかいないことだった。

「……何故《なぜ》いつもより、少ないのですか？」

包囲され、劣勢《れっせい》に陥っているのは、どう考えても普段より少ない兵数のせいだった。

「私が……、兵を少なくしてと言ったから？　そんな、私のせいで…………」

馬も馬車もないのは、逃げるために捨てたか、最初に潰《つぶ》されたか。なんにしても、このままではいずれ数に押され体力は尽《つ》き、朗清にも賊の剣が届いてしまう。

彩華は嫌《いや》に大きく脈打つ胸を押さえて、春霞宮の角から広場へ踏み込んだ。

今ここで朗清のために何かしなければ、何かできることはないか。そう考えても何も浮かばない。それなのに、彩華の足は迷わず朗清へと近づき、口は勝手に動いた。

「お待ちなさい！　陛下に何をしているのですか！」

制止の声を上げるが、彩華の言葉は剣を打ちつける騒音《そうおん》に紛れて聞こえていない。

その間にも、朗清を守るために賊と剣を交えていた兵が、敵の多さから腕を斬りつけられ武器を取り落とす。崩《くず》れた兵の隙間《すきま》から、朗清目がけて剣が突《つ》き込まれた。

「やめて…………！」

血の気を失《な》くして叫ぶ彩華へ応《こた》えるように、塀の上で猫《ねこ》が咆哮《ほうこう》した。人間の叫びにも似た威《い》嚇《かく》の声に、彩華の背後から普段鳴かない元玄が、遠吠《とおぼ》えのような野太い咆哮を響《ひび》かせる。

仲丹、叔灰も続けて咆哮すると、複数の嘶《いなな》きが上がり、彩華のみならず近くにいた賊も振り返った。

「おい、今動物の声、が…………はぁ？」

先頭で砂塵《さじん》を巻き上げるのは、老いてなお恐《おそ》れ知らずの軍馬。後ろには星斗や馬鹿《うましか》、四不像《しふぞう》もおり、迫る足音に地面が揺《ゆ》れ、賊が困惑《こんわく》の声を上げた。

「な、なんだあれは……！　う、馬と、変な生き物が！」

驚愕《きょうがく》の声に、左右にいる者が気づくと、さらにその左右も異変に気づいて彩華を振り返る。

「何処から現れやがったんだ……。っていうか、なんだ、あれ？」

「何かは知らねぇが、こっちに向かってくるぞ！　おい！」

「こ、ここ、危なくないか……っ？　に、逃げたほうがいいんじゃ？」

彩華は珍獣《ちんじゅう》に驚《おどろ》いた賊の攻勢《こうせい》が鈍《にぶ》った姿を目にし、焦燥《しょうそう》に煽《あお》られ心を決めた。

今ここで朗清を失えないと、叫ぶような思いに従う。

「お行きなさい！　走るのです！」

いつにない強い表情で火球に指示すると、足の速い廏《うまや》の珍獣たちが彩華を避《よ》けて賊に向かって突進《とっしん》を始めた。

「おいおい、不味《まず》いぞ！　逃げろ、逃げろぉ！」

「火球、陛下を傷つけてはなりません！」

彩華の声に応えるように、賊の包囲を蹴散《けち》らし突進した火球は、中央にいる朗清たち黒い鎧を避けるように右手に逸れる。

「元玄は向こうです！　お行きなさい！」

左手を指すと、馬と共に来ていた元玄が、小型犬の仲丹と狼《おおかみ》の叔灰を従えて、包囲を左右に割るよう、左手に走り込んだ。

「火球、星斗……っ？　これは、まさか！」

配下の頭越《ご》しに走る馬に気づいた朗清の声が聞こえ、彩華は必死に声を上げる。

「陛下！　陛下、ご無事ですか！」

珍獣によって割られた賊の合間に彩華の姿を認め、朗清は瞠目《どうもく》した。

「来るな……！　ここは危険だ、早く去れ！」

珍獣の乱入で一部混乱したものの、朗清を殺そうとする賊《ぞく》の多くはまだ兵と剣を交えている戦闘状態。朗清も忠告を発しながら、横合いから隙を狙って襲《おそ》って来た賊を斬り上げる。

走り去った珍獣を見送って、朗清に向かおうとする賊に、彩華は止めようと手を伸《の》ばす。

「無道はおやめなさい！　陛下を弑《しい》すおつもりですか！」

「う、うるさい！　邪魔《じゃま》をするな！」

凛《りん》とした声音《こわね》で叱責《しっせき》する彩華に、賊は狼狽えながら逃げるように怒鳴《どな》った。そのまま伸ばしかけていた手を払い除《の》けられ、彩華は痛みに身を引く。その瞬間《しゅんかん》を見ていた朗清は、味方の兵を押しのけ、彩華の下《もと》へ行こうと動いた。

「この、その者は無関係だ！　手を出すな！」

「陛下！　なりません！」

朗清が味方に止められた直後、彩華を振《ふ》り払った賊の足は、忍《しの》び寄っていた赤狐《あかぎつね》の鋭利《えいり》な歯によって血を流した。

「うぁぁああ、痛《い》たた……っ、ぶふっ！」

続いて、走り寄る勢いを殺さない元玄の体当たりで、痛みに叫《さけ》んだ賊の両足は確かに地面を離れ、そのまま横倒《よこだお》しになって転がる。

「な、何しやがる！　この女！」

「道に悖《もと》る行いをする己《おのれ》にこそ行動を問いなさい！」

彩華が叱責すると、摑《つか》みかかろうとした賊の新手は、脹脛《ふくらはぎ》を仲丹に嚙《か》まれ、怯んだ瞬間、腕を叔灰に嚙みつかれて引きずり倒される。

「なんだこの毛玉の化け物！　おい、お前どういうことだ！」

彩華が指示した瞬間を見ていた賊の一人が、剣を突き出して詰問《きつもん》する。剣を防ぐ手段のない彩華が後ろに下がると、春霞宮から伸びる松の下に追い詰《つ》められてしまった。

一度は彩華の強く真っ直《す》ぐな視線に怯む賊だったが、剣を握り直して空いている手を伸ばそうとする。同時に、頭上に動く影《かげ》がかかった。

次の瞬間、迫る賊の頭に大蜥蜴《おおとかげ》が降る。

「大人しくし――、ぅご……っ」

首を大きく曲げて、賊は大蜥蜴の体重を支え切れず下敷《したじ》きにされた。

「ぎゃ、ぎゃぁぁああ！」

蜥蜴が苦手だったのか、近くで見ていた賊が心底から恐怖《きょうふ》した悲鳴を上げると、周囲の賊の目が彩華と大蜥蜴に集まった。

「そ、空から現れた！　そいつ、飛んできたぞ！」

「なんだと……はっ、この姿……。りゅ、龍《りゅう》だ！　龍がいるぞ！」

「いえ、たぶん木登りしたまま落ちてきただけの大蜥蜴ですが……、大蜥蜴、そのままやっておしまいなさい」

気を引き締《し》めた彩華が命じると同時に、大蜥蜴は下敷きにした賊を顧《かえり》みもせず、手近な賊へ向けて長い尻尾《しっぽ》を振って殴打《おうだ》を加える。

「い……っ、だぁぁああ！」

脛《すね》を強打されて悶《もだ》える賊を気にせず、大蜥蜴はそのまま走り出した。大蜥蜴にさらに命令を下そうとした瞬間、今度は頭上から化鳥《けちょう》の叫びが轟《とどろ》く。

見れば、真孔雀《まくじやく》と白孔雀が大きな羽を広げて松から飛び立った。そのまま滑空《かっくう》すると、彩華の近くにいる賊の顔面に蹴爪《けづめ》で襲いかかる。

その姿を見て声を上げたのは、朗清を守る黒い鎧《よろい》の兵だった。

「おぉ、鳳凰《ほうおう》が助けに！　あの白いのも鳳凰か……っ？」

「いえ、ですからただの孔雀です。鳳凰などでは……いいえ。いっそ、この機に孔雀の真価を見せるのです。真孔雀、白孔雀！」

朗清の兵からは喜びにも似た声が上がる中、真孔雀と白孔雀は化鳥の叫びと共に大きな翼《つばさ》を広げると、次々に賊の顔を狙って襲いかかった。

「な、なんだ？　何が起きている！」

口髭《くちひげ》を生やした文官風の男が説明を求めるが、切迫《せっぱく》した悲鳴が響き人々の目を集めた。

「助けてくれぇぇええ！　引きずり込まれるぅぅうう！」

「こ、こいつ、放しやがらねぇんだ！　恐ろしく怪力《かいりき》で……っ」

見れば、地面に伏《ふ》したまま土を掻《か》く二人の賊が、水路に向かって引きずられている。その足元には、裾《すそ》をしっかり噛んだ江獺《かわうそ》と大亀《おおがめ》。

一人が助けるため屈《かが》むと、引きずられる賊の背中にいた鰐蜥蜴《わに》が伸ばされた指に向かって助走をつけて跳《と》ぶ。寸前で気づいた賊は手を引いたものの、跳んだ鰐蜥蜴の直線状には、屈み込んだ股間《こかん》があった。

「あぁぁあああぁぁああぁぁ！」

悲痛な叫びから、鰐蜥蜴が容赦《ようしゃ》なく噛みついたのは容易に想像がつく。

その隙《すき》に、立てば人間の膝《ひざ》より上に頭が来る江獺と、抱《かか》えることも難しそうな大亀は、大の大人を一人ずつ咥《くわ》えて水路に消えた。目撃《もくげき》した者たちは無言で水音を聞く。

「へ……、へ…………っ、蛇《へび》だぁぁああ！」

別のところから上がった叫びに目を向ければ、黒蛇《こくだ》が人一人の腕を締め上げたまま這《は》いずっていた。近くの賊が助けようと囚《とら》われた者を引っ張るが、全身筋肉の黒蛇は止まらない。

珍獣たちが近づけば、賊は悲鳴を上げるか身を守るために避けるようになっている。中には剣《けん》を振る者もいるが、動きの読めない珍獣を相手に当てられない。

目の前で行われる争いの音と気迫《きはく》に、思うように動けなくなっていた彩華は、賊を翻弄《ほんろう》する珍獣を確認《かくにん》し、ようやく息を吐《つ》けた。

「珍獣たちは大丈夫《だいじょうぶ》、大丈夫……。強い子たちだもの。…………だからっ」

彩華は余計な力の抜《ぬ》けた足を動かし、胸が痛いほどに心配な相手へと走り出した。

「陛下！」

彩華の声に、兵に囲まれた朗清が目だけを動かし、続いて走り寄る彩華の姿に息を呑《の》んだ。

「来るなと言っただろう！」

真っ直ぐに朗清だけを見て走る彩華は、剣を振る賊の姿が目に入っていなかった。

朗清は襲ってくる賊を力任せに柄《つか》で殴《なぐ》り、号令を発する。

「方円を開け！　こっちだ、来い！」

円を描《えが》いていた陣形《じんけい》を崩《くず》し、兵は彩華のための道を作った。腕《うで》を伸ばす朗清へ向けて走る彩華の後を賊が追う。

彩華を押し退《の》ければ、朗清へと剣が届くのだ。

「飛べ！　恐《おそ》れるな！」

「はい……！」

彩華は走る勢いのまま地面を蹴《け》る。

細い背中に伸ばしていた賊の腕は、宙を掻いた。

彩華は朗清に腕を摑まれ、力強く引き寄せられる。

胸に彩華を抱《いだ》いた朗清の号令で、黒い鎧の兵はすぐさま陣形を立て直し賊に剣を向けた。

「陛下！　お怪我《けが》はございませんか？」

「全く、無茶をする！　最初に言うのがそれか？」

叱《しか》るように言いつつ、朗清は何処《どこ》か楽しげに目を細めた。

そんな場合ではないのに、彩華は胸がむず痒《がゆ》く、口が緩《ゆる》みそうになる。

額の傷以外、朗清は大きな怪我をしている様子はなかった。

朗清は彩華を守るように背後へ回すと、隙なく賊へと目を光らせる。

「本当に……、わからない、方だ…………」

掠《かす》れた声に目を向けた彩華は、白い顔の安世を支えるように手を伸ばした。瞬間、手にはぬるい液体が触《ふ》れる。

安世の赤い背子でわかりにくかったが、足元には滴《したた》るほどの血が流れていた。

失血を少しでも抑《おさ》えようと、安世は無事な片手で腕を押さえているが、十分な止血とは言えない。朗清も兵も防御《ぼうぎょ》にかかりきりで、安世の手当てをする者がいなかったのだ。

「痛むと思いますが我慢《がまん》願います」

言って、彩華は艶紅色《えんこうしょく》の帯をほどく。傷口を確かめて、肩《かた》のつけ根にある血管を圧迫《あっぱく》した。

「なんと……、本当に、元公主とは思えない、手つき………」

「珍獣《ちんじゅう》が怪我をすることもございますので、慣れております」

答えながら、彩華は安世の背子を脱《ぬ》がせ、傷口自体を押さえるよう指示する。従いながらも、安世は珍獣、と納得《なっとく》いかない様子で呟《つぶや》いた。

「あ、新手だ！　後ろにまた変なのが！」

「なんっなんだよ……もう！」

さらに新手の珍獣が走り込む姿に、賊《ぞく》の中で泣き言が聞こえる。

走り込む珍獣を確認した彩華は、周囲の剣戟に負けないよう声を上げた。

「貘《ばく》、止まってはいけません、あちらへお行きなさい！　山荒、離《はな》れすぎてはなりませんよ！」

彩華の声に従い、猪《いのしし》のように突進《とっしん》する貘と共に、豪猪《やまあらし》の山荒は時折身を返しては、服の上からでも容赦なく針毛を刺《さ》す。

「え……？　なんだ、あの女！」

「この世のものとは思えない奴《やつ》らを操《あやつ》ってるぞ！」

珍獣たちに向けられていた畏怖《いふ》の目が、彩華にも向けられるようになったが、当の彩華は新たに現れた穿山甲《せんざんこう》と猫熊《ねこぐま》に気を取られていた。

「あなたたちはこちらへおいでなさい！」

珍獣の特性を知っているからこそ、あまり足の速くない穿山甲と猫熊を呼び寄せる。

人間でも追いつける速度で彩華に向かい始めた穿山甲の姿に、好機と見たのか賊の一人が引き摺《ず》る尻尾に手を伸《の》ばした。

「痛……っ、は？　え、き、切れた、切れたぁあ！」

途端《とたん》に、摑んだ者が悲鳴を上げて、血を流す手を周囲に見えるように掲《かか》げる。

その間に賊の足元を走る猫熊は、芋《いも》も踏《ふ》み割る脚力《きやくりよく》で賊の足を踏んで回っていた。

「ぐぁあ！　……ち、小さいからって油断するな。こいつら、化け物だぞ！」

賊が悲鳴を上げる中、今度は塀《へい》の上から猩々《しようじよう》と金絲猴《きんしこう》、日避猿《ひよけざる》も現れる。

「おい、また新手が来たぞ！　目があって口があって、腕が長くて毛むくじゃらで！」

「今度はなんだ、あれはぁ！　恐ろしい化け物に違《ちが》いないぞ……！」

もはや、ただの動物とは思わず、賊は見たこともない猩々たちの姿に戦々恐々《せんせんきようきよう》となって及《およ》び腰《ごし》になり始める。よく見れば猿とわかるはずの猩々たちにまで、混乱の声を上げていた。

「何をしているか……っ。邪魔《じやま》なけだものなどどうでも良い！　狙《ねら》いは偽帝《ぎてい》のみよ！」

惑乱《わくらん》する手下に、口髭の男が怒《いか》りも露《あら》わな叫《さけ》びを上げる。

怒鳴《どな》られ、朗清に切っ先を向け直す賊の姿に、彩華は慌《あわ》てて猩々に命じた。

「そんな……！　猩々、陛下たちをお助けなさい！」

答えるように猩々が吠《ほ》えると、日避猿が飛び、兵の視線を攪乱《かくらん》する。

「うわ、なんか飛んで来たぞ！　こっちに来るな！」

「ぎゃ……！　あ、頭に何か攻撃《こうげき》された！」

金絲猴が身軽に賊の頭を跳んで移動すると、未知への恐怖《きょうふ》から浮《う》き足立つ者が次々と叫びを上げ、さらに混乱を広めていく。

日避猿と金絲猴が、近くにいた星斗の背に着地した。動きを止めた珍獣の姿に、近くの賊はともかく剣を構える。

突如《とつじょ》現れた珍獣に賊が判断を迷っていると、その間に地面を走った猩々が、剣を握《にぎ》る賊の腕を掴《つか》んで引きずり倒《たお》した。

「あぁいたたたた……！　はな、放せぇぇぇえ！」

人間に倍する握力《あくりょく》で腕を握られ、賊は痛みを訴《うった》えながら剣を落とし悶《もだ》えた。

猩々が次の指示を仰《あお》ぐように彩華を見る。口を引き結んだ彩華は、大きく頷《うなず》いて見せた。

「人を傷つけてはいけないと教えてきましたが、今日だけは別です。皆《みな》、存分におやりなさい！　陛下をお守りするのです！」

腕を振《ふ》って命じると、途端に珍獣たちは咆哮《ほうこう》を上げて賊を威嚇《いかく》する。

「お、お前か！　お前が操っているのか！」

賊の中で彩華に気づいた者が、摺り足で距離《きょり》を詰《つ》め兵越《ご》しに剣を突《つ》き込んだ。

珍獣たちに集中して、周囲への警戒《けいかい》が疎《おろそ》かになってしまっていた彩華は声も出ない。

「俺の守る者を狙うとは、いい度胸だ！」

戦いながらも案じていた朗清が、すぐさま突き込まれた剣《けん》を掬《すく》い上げるように払《はら》い除《の》ける。なおも体勢を整えて彩華を狙おうとする賊に、横から容赦のない蹴りが見舞《みま》われた。

「彩華さま！　大丈夫か？」

駆《か》けつけた相真は、賊から剣を奪《うば》うと彩華を庇《かば》うように賊へ向けて構える。ただ、初めて見る顔に朗清の兵には警戒の色が浮かんだ。

相真も顔を見られないためか、幅巾《ふっきん》を目深《まぶか》に被《かぶ》っている。

「大丈夫《だいじょうぶ》です！　春霞宮を手伝う者なのです。相真、怪我は？」

「それ言われるのは、彩華さまだろ。無茶するなよな。本当は逃《に》げてほしいけど、そうも言ってられない。季皓《きこう》と顕曠《けんこう》まで出ちまった！」

「た、大変……！　こちらへ来ているの？」

頷く相真は、迫《せま》る賊を慣れた剣捌《さば》きで退けると、大門に続く道を指した。春霞宮の壁《かべ》沿いの道には、すでに季皓と顕曠の姿がある。

季皓は穢《けが》れのない白い体毛に、厳粛《げんしゅく》な黒い縞《しま》模様が入り、瞳《ひとみ》は凍《い》てつく青灰色の白虎《びゃっこ》だ。顕曠は金色の体毛に、赤みを帯びた棚引《たなび》く鬣《たてがみ》を持ち、瞳までもが金に輝《かがや》く獅子《しし》だった。

彩華が珍獣を操っている姿に畏怖していた賊たちも、彩華の視線の先を追って、凍《こお》りつく。

幾《いく》つもの視線に晒《さら》される中、何故《なぜ》か上機嫌《じょうきげん》に甲高《かんだか》い声で鳴きながら走る恵中の後ろで、二頭

の大型肉食獣《にくしょくじゅう》が咆哮を轟《とどろ》かせた。

突如現れた白虎と獅子の姿に、人間は誰《だれ》も本能的な命の危険を感じて動きを止めてしまう。

「季皓、顕曠、それに恵中！」

彩華の声に反応して三匹《びき》の珍獣は一度目を向けるが、元玄が吠え立てると、途端に白虎と獅子は賊に向かって牙《きば》を剝《む》き走り出した。

「い、いけません！　殺してはなりませんよ！」

彩華の警告に白虎と獅子の耳だけが動く。

止まりはしなかったものの、白虎と獅子は左右片方ずつ前足を横に振ると、爪《つめ》を出さずに太い腕《うで》で薙《な》ぎ払った。

そんな手抜《てぬ》き攻撃でも、やられた賊は左右に飛び、周りの賊を巻き込んで地面に激突《げきとつ》する。

また皆《みな》無言となって静寂《せいじゃく》が降りるが、その後には恐怖を含《ふく》んだ悲鳴が迸《ほとばし》った。

「ひぃぃいい、く、食われる！　逃げろぉお！」

「あの女、普通《ふつう》じゃないぞ！　虎《とら》を操りやがった！」

「な……っ、に、逃げるな！　逃げるなら報酬《ほうしゅう》はなしだぞ！」

「莫迦《ばか》言うな！　あんなの聞いてねぇよ！」

「あんな化け物どもと戦うなんて、命が幾つあっても足りない！」

「待て、戦わんか！　化け物ではなく、偽帝を誅《ちゅう》すのだ！」

逃げる手下に口角泡《あわ》を飛ばす口髭《くちひげ》の男だが、従う者はほとんどいない。どころか、白虎と獅子の登場に、朗清の兵たちも及び腰になっている。

ただ賊と違うのは、朗清を守ろうと動きはしないこと。

「やばい、やばい、やばい、やばい、やばい……！」

「おい、どうしたんだ？」

「とんでもないもん見ちまった！　おい、みんなに報《しら》せろ！」

遠目に見ていた周辺住民さえ、大声を上げて猛獣《もうじゅう》たちから逃げ始めた。

珍獣に賊が蹴《け》散《ち》らされる中、朗清は威嚇の咆哮を上げる猛獣に目を向けて彩華へ問う。

「……鎮《しず》められるか？　俺たちは何をすればいい？」

真っ直《す》ぐに向けられた朗清の目には、彩華に対する信頼《しんらい》があった。彩華ならば珍獣《ちんじゅう》を御《ぎょ》せると信じる朗清の思いに触《ふ》れ、彩華は込み上げる高ぶりのまま返事をする。

「っ……お任せください。その間、動かないようお願いします！」

言うや、彩華は兵の中から抜《ぬ》け出し、勢い込んで笛を吹《ふ》く。帯に吊《つ》るしていた指ほどの大きさがある笛からは、人間には聞き取りにくい微音《びおん》しか生じないが、珍獣たちは耳を震《ふる》わせた。

「元玄、仲丹、叔灰！　弟たちを止めるのです！」

凛《りん》と命じる彩華の声に犬たちが走る。興奮して牙を剥きだす白虎と獅子の周囲を走り、しきりに鳴き交《か》わした。

彩華は白虎と獅子が犬たちに意識を向けたことを確認《かくにん》して、次の指示を出す。

「戻《もど》りなさい。こちらへ！」

笛を吹いて春霞宮から伸びる松の下へ行き足元を指すと、犬たちが駆け寄り、その後ろに白虎と獅子も続く。兄弟のように育てたことで、猛獣も犬たちを模範《もはん》として彩華の指示に従うよう躾《しつ》けてあったのだ。

「さぁ、いい子ですね。座りなさい。……相真、馬たちを」

「わかった。星斗！」

相真が指笛を鳴らすと、星斗が駆け寄ってくる。応じて、廏《うまや》の珍獣たちも一緒《いっしょ》に駆けてきて、元玄たちを挟《はさ》んで猛獣の近くに立った。

自身よりも大きな動物がいれば、白虎も獅子も無闇《むやみ》には暴れない。相真と頷き合った彩華は、他《ほか》の珍獣への対処のため宙に腕《の》を伸ばした。すると、待っていたかのように舞《ま》い降りる、鮮《あざ》やかな緑色の鸚哥《いんこ》。

「さぁ、お願いしますね。皆を止めるのです」

彩華が元玄たちから離《はな》れて言うと、鸚哥は考えるように首を横に傾《かし》げる。その間に、彩華の足元に寄ってきた猫熊《ねこぐま》が立ち上がっていた。

「ほら、雷《かみなり》です」

彩華が促《うなが》した瞬間《しゅんかん》、雷鳴《らいめい》の音が鸚哥の口から発される。あまりに良くできた声真似《まね》に、誰もが雲のない秋晴れの空を見上げて困惑《こんわく》した。

「嘘《うそ》だろ……！　雷の音が確かに…………？」

「……やっぱり、雷獣なんだ………」

賊《ぞく》と兵の声が重なる中、気ままに歩いていた珍獣も本能を刺激《しげき》する轟音《ごうおん》に動きを止める。

「彩華さま！　遅《おそ》くなりました！」

折良く縄《なわ》や餌《えさ》を手に老人たちが駆けつけ、彩華は珍獣に目を走らせ優先順位を決めた。

「老趙は馬と元玄たちを春霞宮に戻して！　他の者は大蜥蜴《おおとかげ》と孔雀《くじやく》が喧嘩《けんか》しない内に！」

珍獣たちに恐《おそ》れをなした賊はすでに逃げ出している。逃げ遅《おく》れた者も、足を摺《す》りながら距離を取ろうと必死になっており、珍獣に害が及ぶことはないだろう。

彩華は珍獣の捕獲《ほかく》は任せて、今一度朗清の下《もと》へ足を向けた。

賊の半数は珍獣に恐れをなして逃げたが、朗清を挟んだ半数の賊はまだ兵と剣《けん》を交えている。

近づく彩華に気づいた賊は、喉《のど》を攣《つ》らせて言った。

「うわ、こっちに来たぞ……っ」

彩華の接近に、まるで珍獣相手のように足を摺って距離を取ろうとする。

賊自らが道を空けたため、彩華の歩みを邪魔《じやま》する者はいなくなった。

「何をしている、殺せ！　これは世を正す義挙である！」

怯《ひる》む賊に口髭の男が怒号《どごう》を上げた。まだ残る珍獣で加勢しようかと首を巡《めぐ》らせる彩華に、朗清は揺《ゆ》るぎない声で命じた。

「案ずるな。そこで見ていろ」

「は、はい！」

彩華は胸の前で手を組み合わせて頷く。まるで彩華の返事が合図であったかのように、朗清たちと賊の戦闘《せんとう》が再開された。

残った賊は数が同じでも、質が違《ちが》うようだ。朗清を守るのは精兵。傷を負いながらも、着実に賊を切り伏《ふ》せていく。

「地力はこちらが上だ、逃がすな！　魚鱗《ぎょりん》の陣《じん》を敷《し》け。必ず捕《と》らえるぞ！」

朗清は配下を鼓舞《こぶ》すると、自らも剣を振《ふ》って首謀《しゅぼう》者である口髭の男に向かい敵を押す。

陣形の後ろへ回り込もうとする賊もいるが、朗清の剣の前には数の有利がなければ歯が立たない様子だった。

「く……っ、せっかくの好機だったというのに！」

悔《くや》しげに吐《は》き捨てる口髭の男に、朗清は目の前の賊を切り伏せながら答える。

「好機だと？　己《おのれ》の才覚をよく考えてから行動に移るべきだったな」

「偽帝如《ぎていごと》きが、わしを軽《かろ》んじるか！」

赫怒《かくど》する口髭の男に、朗清は苛烈《かれつ》な視線を向けた。

「その傲慢《ごうまん》が、そもそもの間違いだと、何故気づかない……！　お前には敬われるほどの何がある、何を成した、誰を救ったと言うのだ？」

「ひ……っ。武力以外によりどころのない粗暴者《そぼう》が、わかったようなことを」

朗清に睨《にら》まれ震えあがる口髭の男は、逃げ腰《ごし》になっていても負け惜《お》しみのように吐き捨てる。

そんな口髭の男の動きに、残った賊は逃走《とうそう》の構えを見せた。

「この簒奪者《さんだつ》めが！　きっと天はお主の非道を許しはせぬぞ。正しき皇帝の血筋にいずれ帝位は戻る。その時、お主には偽帝として相応《ふさわ》しい罰《ばつ》が下ろう！」

最後の抵抗《ていこう》とばかりに、後退を始めながら罵《ののし》る口髭の男。

すぐさま安世が兵の間から言い返そうとするが、近くの朗清によって抑《おさ》え込まれた。遠目から見る彩華にも、安世の顔色が悪いままであることがわかる。

「人情も知らぬ非情の男め！　血塗《ちぬ》られたその手で、いずれ民《たみ》をも殺すだろう。この都にまで戦火を広げる血に飢《う》えたけだものめが！」

「お前の言う人情は、賄賂《わいろ》をやり取りして法を曲げることか。自分の手を汚《よご》さないだけで、一体どれだけの血を流させた？　戦場に身を置いたのは事実。罵りたければ罵れ。俺はこの国を救うためなら何処《どこ》までも突《つ》き進む！　救える命があるのなら、何処までもな！」

剣《するど》のように鋭い眼光で、朗清は口髭の男に啖呵《たんか》を切った。

「黙《だま》れ！　貴様が余計なことをしなければ、全《すべ》て上手《うま》くいっていたのだ。下の者が上の者を敬うことの何が悪い。古くからの習いを軽んじるか。戦う以外能もないくせに、天子にお仕えすいたい、な！」

朗清の挑発《ちょうはつ》に乗って地団駄《じだんだ》を踏《ふ》む口髭の男だが、朗清の指摘《してき》したことを否定はしない。

「お前が賄賂を毟《むし》り取ることで、俺の故国に貧困に喘《あえ》いだ民が流入してきて悪事をなした。だから根本から民が悪事に走らないよう、賄賂を行う酷吏《こくり》を廃《はい》した。こちらこそ、何が悪いと言いたい、な！」

賊を自ら倒《たお》しながら、朗清は口髭の男との距離《きょり》を詰《つ》める。

話に乗っているのは逃《に》がさないためだった。

「皇帝を偽《いつわ》る大罪人が、偉《えら》そうに！　殺せ、殺した者には一生遊んで暮らせるだけの褒賞《ほうしょう》をくれてやる！」

雇《やと》い主を逃がそうとする賊に喚《わめ》き散らす口髭《くちひげ》の男がどういう人物か、さすがに彩華にもわかった。ただの私怨《しえん》、しかも己の悪行を棚《たな》に上げて、朗清を批判して殺そうとしているのだ。

私利私欲のため、誰《だれ》も救わない自尊心のため、思い違った傲慢のために、朗清を亡《な》き者にしようとしている。ようやく事態の根底が見えた彩華は、体中の血が沸騰《ふっとう》するような感覚を覚えて、胸の内が口を衝《つ》いて出た。

「偽りがあるのはどちらですか……っ。いやしくも天子に仕えると言うのなら、己の欲こそ律しなさい！　陛下は数ならぬ身の私にさえ目を向けてくださる、お優《やさ》しい方だというのに！」

「な……！　待て、危険だ！」

朗清は慌《あわ》てて制止の声を上げたが、彩華の耳には届かない。

彩華は抜き身の剣を持つ口髭の男に向けて言い募《つの》った。

「情を知らないなどとは言わせません。陛下の恩情にて生きるあなたや私こそ、その証《あかし》でしょう。国を傾《かたむ》けた責を負うべき人間がこうしていられるのも、陛下の慈悲《じひ》深き配慮《はいりょ》に他ならないではありませんか。陛下のお志こそ、憂国《ゆうこく》の情より発した博愛仁慈の正しき為政《いせい》者の姿です！」

救える命は救うと言った朗清は、そのとおり悪政を行った葉氏までも救う道を選んだのだ。

だからこそ、彩華も士倫も叔父《おじ》である先帝も今を生きている。

同情でも、憎《にく》むべき葉氏である彩華を思い、珍獣《ちんじゅう》を思い、春霞宮の存続さえ考えてくれた。

そんな朗清を血に飢えたけだものなどと罵る口髭の男に、彩華は怒《いか》りの目を向ける。

「お優しいのに、どうして陛下が怖《こわ》い顔ばかりなさっているのかと思えば……っ。国のため、民のために苦心なさるだけではなかったのですね。……陛下の笑顔《えがお》には、温かな人柄《ひとがら》が滲《にじ》み出るのです。陛下の笑みを見たことがあるのなら、非情などとは言えないはずです！　殺せば全てが解決するだなんて乱暴な考えをするあなたのような方がいるから、陛下は難しい顔ばかりで、易々《やすやす》とは笑えなくなっていらっしゃるではありませんか！」

彩華の叱責《しっせき》に、口髭の男は上手くことが運ばない焦《あせ》りと苛立《いらだ》ちの捌《は》け口を定めた。

武器を持ち、兵に囲まれた朗清よりも、丸腰で立つ彩華のほうが容易《たやす》いと。

「……わしの顔も知らない下等な人間が、偉そうな口を………！　だいたい、お前は何者だ。お前さえいなければ上手くいったものを！」

唾《つば》を飛ばして怒鳴《どな》る口髭の男は、今まで使わなかった剣を手に彩華へ襲《おそ》いかかる。

埒外《らちがい》の行動に、逃げようとしていた賊も対応できない。彩華も恐怖《きょうふ》に動けず身を竦《すく》めた。

「彩華……！」

横から抱《だ》き込まれた彩華の代わりに、口髭の男の剣を白刃《はくじん》が受け止める。

硬質《こうしつ》な音を立てて剣が打ち合うと、残響《ざんきょう》を掻《か》き消す失笑が彩華の頭上から漏《も》らされた。

「公主の顔も知らないで、言うことではないな」

呆《あき》れを含《ふく》んだ朗清の声。見上げた彩華は、いつかの廏《うまや》と同じように、肩《かた》を抱き寄せられ、朗清の胸に身を預ける姿勢となっていた。

「何を……っ」

対処の追いつかない口髭の男に、朗清は手首を返し、剣の軌道《きどう》を完全に彩華から逸《そ》らす。

「この者を傷つけることは、許さん！」

言うと同時に、朗清は過《あやま》たず得物を握《にぎ》る指を斬《き》る。口髭の男は反射的に腕《うで》を引いた。

「それと、これは安世の分だ」

朗清は彩華を庇《かば》うように抱いたまま、半端《はんぱ》に上がった口髭の男の腕を斬りつける。安世が負った傷と同じように斬られた口髭の文官は、情けない悲鳴を上げて剣を取り落とした。

「お前が苦しめた民の分はいずれ、正しく罰を下す。大人しく沙汰《さた》を待て」

何処か苛立ちを含んだ冷徹《れいてつ》な声で、朗清は痛みに狼狽《うろた》える口髭の男を突き飛ばす。

その間に、残りの賊《ぞく》を兵が制圧しており、口髭の男は朗清の兵の足下《あしもと》に倒れ込んで、首に剣《けん》を突《つ》きつけられた。

「天から罰が下る時があるなら、それは人の身では抗《あらが》いようもないだろう。だが、俺は生きている限りこの国のため、民のために成せることを成すのみだ」

朗清は強く言い切る言葉と同じように、強く彩華を腕に抱いた。

争う音が収まり、彩華は細く息を吐きだす。そうして体を動かすと、羞恥心《しゅうちしん》を思い出した。

「あ……、へ、へい、へ、いか…………」

朗清を見上げた彩華は、いつにない体の近さを意識して、さらに思考が飽和《ほうわ》する。強張《こわば》った舌は思うように動かず、顔には瞬《また》く間に熱が集まった。

何より彩華を狼狽《ろうばい》させたのは、助けられる直前に聞いた己の字《あざな》。朗清に字を呼ばれたという恥《は》ずかしさで、頭が沸騰しそうだと危《あや》ぶんだ途端《とたん》、弾《はじ》けるような歓声《かんせい》が辺りを包んだ。

「な、何ごとですか？」

驚《おどろ》いて辺りを見ると、いつの間にか民衆が広場を囲むように集まっている。目を見開き口々に叫《さけ》ぶ民衆は、うるさいほど手を打ち鳴らしていた。

その姿は、喝采《かっさい》。

あまりのことに怯《おび》え、彩華は思わず朗清に身を寄せる。

「すごい、すごい……！　瑞獣《ずいじゅう》さまが現れた！」

「おい、瑞獣さまってのはなんのことだ？　何処にいる」

「あのお方を守るために、瑞獣が戦ったんだ！　その離宮《りきゅう》に連れて行かれるのを見たぞ！」

朗清への喝采の合間に、彩華の存在に目を留める者たちもいる。

「ありゃ、噂《うわさ》に聞く廃園《はいえん》に住まう公主さまじゃないか？　あの傷《いた》んだ離宮のさ」

「あぁ、聞いたことがあるぞ。獣を慈《いつく》しみ愛する公主さまだ。まさか瑞獣って……」

「し、新帝は……、瑞獣に守護されたお方だったんだ……！」

「…………え……？」

驚きの声は彩華と朗清の口から同時に零《こぼ》れ落ちる。

「吉兆《きっちょう》が現れたなら、暮らしも良くなるわよね！」

「もちろん、天子が加護を受けるなら、瑞獣の恩恵《おんけい》が民にもあるはずさ！」

明るい期待に目を輝《かがや》かせる民衆は、喝采をやめない。

「陛下……、陛下……！」

兵に身を支えられながら、安世が朗清を呼び、何やら身振《みぶ》り手振りで要請《ようせい》する。意図を察した朗清は、迷うように彩華を見下ろし、ついで気持ちを切り替《か》えるように、一度目を閉じた。

その仕草を以前にも見ている。彩華が予期したとおり、瞼《まぶた》を開いた朗清は、皇帝《こうてい》の顔になって民衆を見渡《みわた》した。

「……出会った時とは、違《ちが》う。だが、俺にも変えられない信念がある。……先に謝っておく、すまない」

視線に民衆が気づくと、朗清は彩華を抱いていないほうの手を上げる。

すると、皇帝の動きを認めて、民衆は押し黙った。

「聞け、藍陽の民《たみ》よ！　今この国は危難の時を迎《むか》えている。だが天は我らを見捨てない。今、宗室の姓《せい》は易《か》わり天命は改められた。ここから、かつての繁栄《はんえい》は必ず取り戻《もど》せる。どれだけの艱難辛苦《かんなんしんく》があろうと、その日まで、戦うことを約束しよう。戦い、そして民を守ることを。その誓《ちか》いの証が、そなたらが見た瑞獣である！」

朗清は宣言すると共に、高々と拳《こぶし》を掲《かか》げる。すると、最初に集まっていた民衆の声に引かれて増えた聴衆《ちょうしゅう》が、先ほどの喝采を超《こ》える大音声《だいおんじょう》で朗清を新帝として讃《たた》えた。

興奮した声に晒《さら》され、体が震《ふる》えるようだ。彩華は耳鳴りと共にまた思考が飽和する。押し寄せるような人々の声と熱気に当てられ、掠《かす》れた声で間の抜《ぬ》けた問いを向けてしまった。

「ど、どういうことでございましょう？」

「……言い訳はしない。……まずは移動しよう」

彩華を見下ろし、朗清は皇帝の顔から春霞宮でよく見るようになった素《す》の表情に変わる。申し訳なさそうにしながらも、己《おのれ》を律するように眉《まゆ》に力を入れる様子に、彩華は朗清を困らせたくない一心で、最後の言葉だけを何とか捉《とら》えて頷《うなず》いた。

「は、はい、あら？　………………足に、力が……」

今さらながらに恐怖が襲ったのか、民衆の声に気圧《けお》されたのか、彩華は足が震え、朗清に縋《すが》らなければ立っていられない状態に陥《おちい》っていた。

「……こうして見世物になるのも不本意だろう。離宮も近い。少々の無礼は許してくれ」

言うや、朗清は彩華の膝裏《ひざうら》に手を入れて、軽々と抱きかかえてしまう。さらにはそのまま春霞宮の大門へと歩き出し、寄って来た兵に息も乱さず指示を与《あた》え始めた。

「離宮から縄《なわ》を貰《もら》って賊を捕縛《ほばく》しろ。安世の手当ても離宮でさせてもらおう。いいか？」

朗清の腕の中で、彩華は熱に浮かされたように、ただ頷くことしかできなかった。


思わぬ民衆の評価に固まる彩華と朗清を守るため、兵は民の突然《とつぜん》の動きに周囲を警戒《けいかい》する。

「珍獣から逃《に》げ出した者もいるので、正しい判断ですね」

「は……！」

息を呑《の》む旧臣に、士倫は口を噤《つぐ》むよう手振りで示す。

「逃げるなら、注意が逸れている今だと思うのですが？」

「おぉ……っ」

口髭《くちひげ》ごと震わせ喜色を露《あら》わにした旧臣は、右腕《みぎうで》を庇って士倫と共に路地裏へと急いだ。

「は、はは……。誰《だれ》も気づいておらぬわ。さすがは士倫さま。お助けいただき感謝しますぞ」

朗清に対する侮蔑《ぶべつ》を表情に浮かべて、思い出したように士倫へのおべっかをつけ加える旧臣。

士倫は普段《ふだん》と変わらぬ笑《え》みを浮かべて首を傾《かし》げた。

「どうして僕が、あなたなんかを助けると思うのですか？」

「え……？　いえ、今こうして――」

困惑《こんわく》する旧臣を無視して、士倫は隠《かく》れた見張りへと命じた。

「この醜《みにく》い愚《おろ》か者を連れて行け」

「は、承《うけたまわ》りました」

背後から旧臣の口を塞《ふさ》ぐ見張りに、訳がわからない様子で旧臣は呻《うめ》く。

「うるさいですね。この期《ご》に及《およ》んで余計なことを喋《しゃべ》らないでください。もうあなたはいりません。……邪魔《じゃま》にならない辺りで口を封《ふう》じろ」

淡々《たんたん》と命じれば、見張りもなんの感情も浮かべずに応じる。

あまりに温度のないやり取りに、旧臣は遅《おく》れて意味を理解し、顔面蒼白《そうはく》となった。

旧臣は必死の抵抗《ていこう》を試みて暴れるが、肉体労働を主とする見張りの拘束《こうそく》が緩《ゆる》むことはない。

暗殺者も兼《か》ねる見張りに抱《かか》えられ、旧臣は路地の奥へと引き摺《ず》られ始める。

懇願《こんがん》するように見つめる旧臣に、士倫は変わらぬ笑顔を見せた。

「これで少しは他《ほか》の旧臣も操《あやつ》りやすくなります。僕の策謀《さくぼう》から外れる愚か者には死が待っていると知るでしょうから。最期に少しは役に立ってくれて良かった」

命の危機に、旧臣は恐怖《きょうふ》で瞳《ひとみ》を潤《うる》ませる。

その泣き顔では彩華相手のようには心動かされないことを知り、士倫は考え込む。すでに路地の奥に消えた旧臣のことなど眼中にない。

不意に、手を動かした途端、袖《そで》から落ちる白黒の針毛。慌《あわ》てて持ってきてしまった物を屈《かが》んで拾おうとした途端、士倫は背後に迫《せま》る足音を捉えた。

「おい、あんた、あ……、じゃなくて、従兄《いとこ》さま」

振《ふ》り返ると相真が辺りに険しい視線を走らせている。

「先ほど、口髭の生えた賊の頭目と一緒《いっしょ》におられたと思いますが。奴《やつ》は何処《どこ》に？」

士倫は見られていた事実に、内心で相真も始末すべきかを算段する。ふと手に持つ針毛の感《かん》触《しょく》を確かめて、弱々しい笑みを浮かべてみせた。

「……え、えぇ。いきなり首元に何かを突《つ》きつけられて、体を支えろと、こちらまで。その後は、僕を押しのけてあちらに走って行かれました」

士倫が見張りに引き摺られて行ったほうを指すと、相真は疑わしげに一瞥《いちべつ》を向ける。

「……ぐぁえ…………っ」

潰《つぶ》れたような呻きを捉え、相真はすぐさま走り出す。士倫が続いて路地の奥へ駆《か》けつけると、そこには地面に大の字に倒《たお》れた旧臣の死体が転がっていた。

「な……！　おい、どうした！」

相真と共に近寄る士倫は、旧臣の脇《わき》に座り込んで息を確かめるふりで身を屈める。

「まだ温かいが、死んでる。首をひと掻《か》きか」

相真がそう確かめる間に、死体の手に白黒の特徴《とくちょう》的な針毛を持たせた。

「どうやら、僕の首に突きつけたのはこれだったようですね」

今見つけたようなふりをして、士倫は相真に旧臣が持っているものを確かめさせる。春霞宮で珍獣《ちんじゅう》の世話をする相真は、すぐにそれが豪猪《やまあらし》の針毛であることを視認《しにん》した。

顔を強張らせる相真に、士倫は微笑《ほほえ》みそうになる口元に力を入れて沈痛《ちんつう》な表情を繕《つくろ》う。

見張りは士倫が選んだ者だ。無能が集まった旧臣と違って、使えるだけの判断能力がある。まだ近くにいた見張りは、士倫と相真の会話を聞いて、この場で証人を作るため旧臣をわかりやすく殺したのだろう。士倫が、旧臣の死に関《かか》わっていないと印象づけるために。

「……このことは陛下に報告しなければいけないのでしょうが、僕はここにいては何かと問題がある身でして…………」

「いや、それは俺もなんですが……」

含意《がんい》を持って言う士倫に、相真も心底ばつが悪そうに返した。偽《いつわ》りの見受けられない相真に、士倫は思わず聞き返す。

「おや、何故《なぜ》ですか？」

「いや、それは……。て、って言うか、ですね！　あなたもどうして陛下がいらっしゃる直前に現れたんですか？」

「先日いただいた豪猪の針毛に彫刻《ちょうこく》しようとしたのですが、思いの外脆《もろ》く上手くいかなかったので、新たにもらえないかと。いただくだけならすぐなので、急いで訪ねました」

士倫は淀《よど》みなくそれらしい嘘《うそ》を吐《つ》く。

「本気か？　……いや、この人ならそんな理由でやりかねない気も…………」

相真は疑いの目を向けるが、士倫ならしそうだと心が納得《なっとく》してしまったために、追及《ついきゅう》の言葉が出ないようだ。

相真は、諦《あきら》めた様子で会話を切り上げにかかる。

「ともかく、兵にはこのこと言っておきます。面倒《めんどう》だから、従兄さまのことは言いません」

そう答えながら、相真は旧臣の手にある針毛を回収する。賊《ぞく》の頭目と春霞宮の関わりを疑わせる物品の回収と共に、彩華が心痛めることを防ごうというのだろう。士倫のことを他言しないのは、針毛のことも他言無用という取引だ。

「そうですか。それは感謝せねばなりませんね」

「いえ、感謝はいいです。その代わり……」

一度言葉を切った相真の目が変わる。

「彩華さまをこれ以上変なことに巻き込まないでください。あの方を悲しませるような真似《まね》をするなら、お覚悟《かくご》を」

元から凜々《りり》しい顔が、肉食獣《にくしょくじゅう》を思わせる冷徹《れいてつ》な獰猛《どうもう》さを孕《はら》んでいる。士倫はその顔を凝視《ぎょうし》して、思わず言った。

「……相真と言いましたね。あなた、僕に仕える気はありませんか？　もちろん、今までどおり彩華どのの手伝いをしていていいですし、今の身分を保っていて構いません。表向きは今のままで、僕と一緒に——」

「ちょ、ちょっと待ってください。なんでそうなるんですか！　嫌《いや》ですよ！」

心底嫌そうに言って立ち上がる相真に、士倫はさらに勧誘《かんゆう》を口にしようとするが、すぐさま踵《きびす》を返される。

「お、俺は兵に報《しら》せに行きますから、後は勝手に消えててください……っ」

相真はそれだけ言い残すと、逃げるように路地を去ってしまった。

「……もう一人くらい腕のいい暗殺者が欲しかったんですが」

残念、と唇《くちびる》だけを動かして士倫は呟《つぶや》いた。

死体に背を向け、士倫は路地裏から広場へと一度視線を投げる。

朗清と彩華の姿は見えないが、まだ民衆による喝采《かっさい》は続いていた。

そうして征服者《せいふく》である朗清に恐々《きょうきょう》としていた民衆が、掌《てのひら》を返して喝采する姿は滑稽《こっけい》でもあり、劇的な変化でもある。

「今回は、瑞獣《ずいじゅう》の加護を謳《うた》う利点を、確認できたと思っておきましょう」

そう呟きながら士倫は内心、彩華を手の内に収める方策を考え始めていた。

すでに人慣れしていない彩華には優《やさ》しい従兄としての顔を印象づけている。相真や老人の一部には警戒されているが、彩華への忠誠心を思えば、落とすべきは彩華一人だ。

彩華の心を得られれば、春霞宮に住まう者は丸ごと手にできると思っていいだろう。

「さて、春霞宮はまるで宝の山ですね。価値のわからない者に荒《あ》らされるのは惜《お》しすぎる」

士倫は一人、策謀に染まった笑みを浮《う》かべると、歓呼《かんこ》の声に背を向け、静かにその場を去っていった。

終章　天命これを性という

宮城の後宮は手入れこそされているが、広い敷地《しきち》に聞こえるのは風に揺《ゆ》れる草木の囀《さえず》りのみ。

水上に渡《わた》された石造りの亭子《ていし》で、彩華は一人、幾重《いくえ》にも敷布《しきふ》が重ねられた造りつけの座で人を待っていた。

身に纏《まと》うのは紅色の濃淡《のうたん》を合わせた半臂《はんぴ》と上衣《じょうい》、緑青の下裳《かも》に淡《あわ》い色の囲裳《いも》を重ねている。

「風が冷たいですね」

風向きが変わり、彩華は髪《かみ》を押さえて水気を孕んだ涼風《りょうふう》に耐《た》えると、漂《ただよ》う香《かお》りに花を探した。

「まぁ……。見事な金桂《きんけい》と丹桂《たんけい》。いい匂《にお》い」

風に散る淡黄色《たんこうしょく》と橙黄色《とうこうしょく》の小さな花を見ていた彩華は、水上の亭子に続く石橋を渡る足音に気づく。見れば、冕服《べんぷく》を纏う朗清が威風堂々《いふうどうどう》と歩み寄っていた。

「待たせて悪かった」

「勿体《もったい》ないお言葉です。こちらこそ、お招きありがとうございます」

座を降りて拱手《きょうしゅ》しようとする彩華を片手で止め、朗清は供も連れず亭子へと入って来た。

「花の季節らしいと聞いてな、室内よりもいいかと思ったのだが。時間潰《つぶ》しになったか？」

「はい、とても素敵《すてき》な庭園でございますね」

「俺も花の季節と言われて初めて見て回ったが、ここからの景色が一番いいと思ったんだ」

言いながら、朗清は当たり前のように彩華の隣《となり》に座り、亭子から水を隔《へだ》てて見える景色を堪《たん》能《のう》し始める。

あまりの近さに彩華は息も忘れて胸中で叫《さけ》んだ。久しぶりの再会に緊張《きんちょう》していたこともあり、熱くなる顔を朗清に気づかれないよう扇《あお》ぐ。

朗清は襲《おそ》われた日以来、春霞宮にも来ていない。首謀《しゅぼう》者の口髭《くちひげ》の旧臣が不可解な死を遂《と》げたこともあり、後始末だけでも大変そうだというのは想像がついた。

そんな中、宮城からの使者が現れ、朗清の名で招かれて今日に至る。

珍獣を逃《に》がしたことに対するお咎《とが》めではないと胸《むね》を撫《な》で下ろしたものの、招待の名目は過日の礼だという。

「この間のことで、さすがに死人が出る事態が恐《おそ》ろしかったのだろう。旧臣が大人しくなって、な。今やれる政策をやろうと色々と忙《いそが》しくなっているんだ」

「存じております。──まだ、あの方を亡《な》き者にした犯人は、わかっていないのでしょうか？」

彩華の問いに、朗清は難しい顔で頷《うなず》いた。

朗清襲撃《しゅうげき》は、口髭を蓄《たくわ》えた旧臣の一人が私怨《しえん》によって起こした暴挙だ。喝采する民衆に目を奪《うば》われた隙《すき》に逃げ出しており、次に見つかった時には、すでにこと切れていた。

「その件も気になるが、この機会を逃《のが》せない。このまま都が落ち着くよう全力を尽《つ》くす。民《たみ》を救うためにも、今できることは全《すべ》てやってしまいたいところだ」

礼の意味はわからない彩華だったが、朗清が目を生き生きと輝《かがや》かせる姿に微笑《びしょう》が浮かんだ。

朗清は喝采する民衆に宣言したとおり、国を救うために戦い、戦いに挑《いど》むことを恐れるどころか、戦えることを励《はげ》みとして国の安寧《あんねい》のために邁進《まいしん》しようとしている。

そんな姿に、彩華は胸が熱くなる想《おも》いと、面《おもて》に出してはいけないという自制の狭間《はざま》で顔を袖《そで》に隠《かく》した。

「……すまない、つまらない話を」

「いえ、国を思うお言葉を謝られる必要はございません。一人の民として、嬉《うれ》しく思います」

「そ、そうか……」

すぐさま顔を上げて否定すれば、朗清は目を眇《すが》めるようにして笑う。

その顔は彩華も初めて見る表情で、何処《どこ》か照れているようにも見えた。

朗清を見る度《たび》に脈が速くなる。

彩華は許してくれる優しさに甘えては駄目《だめ》だと、自制のために胸を押さえた。

それでも、朗清が笑うさまは無理をしているようでもなく、嫌《きら》われてはいないのではないかと希望に縋《すが》りたくなる。

「遅《おそ》くなったが、改めて礼を言う。あの時は助かった。珍獣《ちんじゅう》たちの助けがなければ死んでいたかもしれない」

死を予期するほどの窮状《きゅうじょう》だったのかと、彩華は息を詰《つ》めた。

朗清を待つ間、彩華は後宮の庭園を独り占《じ》めにできた上に、香り高い茶も菓子《かし》も一人では食べきれないほど用意されている。

これだけ歓待《かんたい》される謂《いわ》れはないと恐縮《きょうしゅく》していたのだが、彩華が気づいていなかっただけで朗清にとっても瀬戸際《せとぎわ》だったらしい。

「そんな……。陛下なら、ご自身で切り抜《ぬ》けられたのでは？」

「いや、あそこで軽傷で済んだのは、やはり珍獣が半数まで減らしてくれたからだ。死なずとも、逃げ帰ったとなれば旧臣を勢いづかせることになっていた」

政治的にも死ぬかもしれない局面だったと言われ、彩華は深刻な朗清の顔を改めて見る。

「そう、だったのですか……。お力になれて良うございました。――そう言えば、安世どのの容体は如何《いかが》でしょう？」

いつも朗清の側《そば》に控《ひか》えている安世の姿はない。

後宮の中であるため、管轄《かんかつ》外の黒い鎧《よろい》の兵もいなかった。

「そうだ、それも礼を言いたかったのだ。安世も離宮《りきゅう》ですぐ手当てができたから良かった。腕の内側を斬《き》られていて、出血がひどかったからな……」

安世は、春霞宮に担《かつ》ぎ込むと気絶した。意識を保てなくなるほど、失血していたのだ。それほどの傷でも、朗清が安全になるまで耐えた安世に、彩華は感嘆《かんたん》の息を吐《つ》いた。

「安世どのも、お強いのですね」

「そうだな」

朗清は誇《ほこ》らしげに微笑《ほほえ》む。その瞳《ひとみ》には、確かな信頼《しんらい》があった。

そんな目で朗清に見てもらえる安世が羨《うらや》ましいという思いが、彩華の胸中に過《よぎ》る。

「そうだ、礼の前に、安世の非礼も詫《わ》びなければいけなかったな。葉氏とは言え、関《かか》わりのない者を一方的に責めるのは――」

彩華は胸中の思いに意識が向いてしまい、慌《あわ》てて朗清の謝罪を止めた。

「いいえ、陛下が謝罪なさる必要はございません。安世どのが仰《おっしゃ》ったように私の至らなさもございます。それに心身の疲労《ひろう》で攻撃《こうげき》的になるのは珍獣も同じですから。怒《おこ》るのではなく、慈《いつく》しんで休ませて元気にさせなければ」

安世に怒ってはいない。

そう伝えようと考えず言葉を並べた彩華は、朗清が突然《とつぜん》口を片手で覆《おお》ったことに驚《おどろ》く。

彩華が瞬《まばた》く間に、朗清は肩《かた》を震《ふる》わせると、堪《たま》らず噴《ふ》き出した。

「ふ、はは……っ。公主にとって、安世は珍獣と同じか？」

「え………？　いえ、そのような……っ、あ」

「……どうした」

不意に気づいて声を上げる彩華に、笑っていた朗清は異変を察すると真面目《まじめ》に問う。

「………もう、彩華とは呼んでくださらないのでしょうか？」

思わず聞いた彩華は、次の瞬間《しゅんかん》、赤くなって身を引く。

「わ、弁《わきま》えのないことを申しました。お忘れください」

「あぁ……、あの時の、聞こえていたのか………」

何処かばつが悪そうに朗清は呟《つぶや》く。

彩華が上目に窺《うかが》うと、口を覆ったまま視線を泳がせる朗清の耳が、赤くなっている気がした。

「馴《な》れ馴れしくはないだろうか？　俺に呼ばれて嫌《いや》なのでは？」

「陛下であれば、お好きに呼んでくださってかまいません。その……できれば、彩華と呼んでほしいくらいです」

胸の前で手を組み合わせて、彩華は意を決して胸の内を伝えた。

字《あざな》を得たのは簪《かんざし》を挿《さ》してから。その頃《ころ》にはすでに母もおらず、先帝《せんてい》の訪《おとず》れもないまま、彩華を敬称《けいしょう》なしに呼ぶ者は周囲にいなかった。

真剣《しんけん》が目前に迫《せま》る窮地《きゅうち》だったにも拘《かかわ》らず、朗清に名を呼ばれた瞬間、新鮮《しんせん》な驚きと喜びを覚えたのだ。字を呼ばれるほど親しい者は、いなかったから。

「本気か……？　叔父《おじ》を追った者だぞ？」

心底不思議そうに問い直す朗清に、彩華も不思議そうに返す。

「陛下は葉氏を誅滅《ちゅうめつ》しようとはなさらない情け深いお方。国を傾《かたむ》けた罪となれば、姪《めい》である私も連座で処刑《しょけい》されてしかるべきです。陛下の寛大《かんだい》なご判断に感謝こそすれ、先帝陛下の処遇《しょぐう》に物申すなど……」

「あの時も、そんなことを言っていたな……。単に、藍陽から軍を動かすのが危なかっただけだと言ってもか？」

「陛下がそう仰るなら、そうした事情もあったのでしょう。ですが、藍陽に残った私はこうしてここにおります。葉氏に恩情をかけられたからこそではないでしょうか」

「色々、実務的に追い打ちが難しかったという理由があって、結果生かしたにすぎないのだが……。禅譲《ぜんじょう》を騙《かた》る放伐《ほうばつ》だという者もいる。禅譲を行った葉氏を無為《むい》に殺すのが躊躇《ためら》われただけだとは思わないのか？」

禅譲相手を殺すのは外聞が悪いだけで、軍事力で国を脅《おど》し取った皇帝。朗清を悪く見ればそうした評価になるのだろう。

それでも、葉氏が生きているのは朗清の恩情による判断だと、彩華は思っていた。

朗清は必要以上に命を奪うことを良しとしない、優《やさ》しさを持つ人物なのだと。

「先帝陛下に過誤があったことは事実にございます。私にとっては良い叔父であっても、それは必ずしも為政者《いせいしゃ》としての良さには繋《つな》がりません。――珍獣の世話でも同じなのです。優しくするだけでは、幼い獣《けもの》を良く育てることはできません。厳しさを持って育てなければ、いずれ成獣となった時に困るのは、その獣なのです」

　先帝の真意が、臣下を許し改心を願ったと言った士倫の言葉どおりだとしても、結果的には安世が言ったように温《ぬる》い対応で奸臣《かんしん》をのさばらせただけとなった。

　先帝は、国を育て間違《まちが》った。彩華は安世の批判を耳にして考えた末、そう理解したのだ。

「葉氏の存続をお許しくださったことに感謝しております。あの時私が安世どのに意見しましたのは、ただの、甘えでした」

　言って、彩華はこの機に謝ろうと決める。

　安世はいないが、彩華なりに朗清に甘えないよう考えた結果を口にした。

「過日は、陛下をご不快にさせる発言をいたしました。申し訳ございません。お申しつけいただければ、今後は春霞宮の者に案内をさせましょう」

「は……？　どうしてそうなる。いや、やはり俺と顔を合わせるのは気まずいか？」

「いいえ、陛下が葉氏である私をご不快に思うかと考えたのですが……」

「待て、公主――いや、彩華」

　本当に呼ばれると、それはそれで恥《は》ずかしい。

　彩華はまともに朗清の顔を見られず、声も上ずってしまった。

「は……、はい…………」

「安世が言ったことを気にしているのか？　はっきり言っておく。俺が不快に思うことなどない。できれば、これからも彩華に相手をしてほしい」

本当にはっきりと言葉にされ、彩華は嬉しさで声が出なくなる。

朗清に答えを求められて、必死に頷《うなず》くしかなかった。

安堵《あんど》の息を吐いた朗清は、ふと考えるように一度口を閉じる。

「そうだ。俺のことも、朗清と呼んでくれないか？」

「……え？　そ、そんな、恐《おそ》れ多い」

「あぁ、皆《みな》の前でではない。例えば、春霞宮へ行った時、他《ほか》に誰《だれ》もいない時にな」

「ですが、陛下。それは、陛下を軽《かろ》んじることにはなりませんか？」

戸惑《とまど》い、翻意《ほんい》を促《うなが》す彩華に、朗清は自嘲《じちょう》を浮《う》かべた。

「彩華の言うように、先帝が何がしかの信念を持って政《まつりごと》を行った末に、志叶《かな》わず禅譲したのなら、きっと足りなかったのは民《たみ》から見た国を知る視点だ。俺は幸い、その視点がある。ならば、国の基《もと》が人であることを忘れないために、天子として以外の立場を維持《いじ》したいと思うのだ」

そのために陛下という敬称ではなく、高朗清という人間の名を呼ばれる場が欲しい、と。

「あそこでは個人でいたくなるという、俺自身の感情もある。これは命令じゃない。俺の我儘《わがまま》だが……、叶えてくれないか？」

疲《つか》れたような顔で庭園を眺《なが》める朗清は、何処《どこ》か切実で寂《さみ》しげな横顔をしている。何より我儘を言われるくらいには信頼されていると思えたことが、彩華の背を押した。何かしら朗清の憂《うれ》いを晴らす助けになるのなら、と一度唾《つば》を飲み込む。

「承知いたしました、ろ……朗清さま」

緊張《きんちょう》で硬《かた》い声でしか呼べなかったが、それでも朗清は満足げに彩華を見て微笑《ほほえ》んだ。冕冠《べんかん》の玉飾《たまかざ》り、旒越《りゅうこ》しではあったが、確かに皇帝の顔ではない朗清の笑顔だった。

「――では彩華、呼び立てた礼の続きだ」

「続き、ですか？」

すでに朗清からの礼は聞き、持て成されている。これ以上他に何があるのだろうと、疑問を顔に浮かべる彩華に、朗清は申し訳なさそうに言った。

「俺からは、礼しか言えない。それほど皇帝の権力は強く、何を言っても命令と同じだ。褒《ほ》めすぎても貶《けな》しすぎてもいけない。そのため、今回の件で公《おおやけ》に彩華の功を賞すことはできない」

何より、賊《ぞく》の撃退《げきたい》は皇帝の独力でなければ体面に傷がつく。

朗清は軍事力に物を言わせたと誹謗《ひぼう》もされるが、何よりもその軍事力が強みなのだ。

余人の助力を必要としたなどとは言えない。

「代わりに、瑞獣《ずいじゅう》を守り育てた功が認められた。そのため、功には褒賞《ほうしょう》を与《あた》えなければいけない。離宮《りきゅう》の修繕費《しゅうぜんひ》を来年の予算に計上する。そして、珍獣《ちんじゅう》の、いや名目上は瑞獣のためになるが、飼料代は離宮の管理費に上乗せすることに決まった。離宮の管理費は、今まで昭季公主として授《さず》けていた禄《ろく》を基準とする」

「え……、えぇぇぇえ…………？」

つい声を上げてしまった彩華は口を押さえる。そんな様子を、朗清は咎《とが》めない。

公主ではなくなったため、払《はら》われなくなった禄と同額が支給される、さらに餌代《えさ》は別に上乗せに加え、来年になれば修繕費まで入るとなれば、驚《おどろ》きもする。

そもそも、朗清は春霞宮を取り潰《つぶ》すと宣言したのだ。

もちろん離宮取り潰しは朗清が口頭とはいえ撤回《てっかい》の意志を表明しているが、元はと言えば無《む》駄《だ》を削減《さくげん》するためだったはず。

安世も庭園で、春霞宮取り潰し撤回には反対していた。

彩華はどういう心変わりだろうかと、朗清を窺う。視線に気づくと朗清は苦笑《くしょう》を浮かべた。

「費用を計上したのは安世だ。それだけ、あの時の助けはありがたかった。——そうそう、その菓子《かし》類も安世が用意した。確か、木の実の餡《あん》が入った小麦菓子が美味《うま》いと言っていたな」

並べられているのは揚《あ》げ菓子、焼き菓子、胡麻《ごま》で覆《おお》った餅《もち》や干した果物や砂糖漬《さとうづ》けもある。

あまり甘味が得意ではないらしい朗清から見れば胃凭《いもた》れする景観だろうが、彩華からすればこの心躍《おど》る菓子類を用意してくれたという安世に直接お礼が言いたくなった。

「彩華が憂うことはない。予算についてもあの一件で少々当てができてな」

そう朗清は言うが、彩華にはそれほどのことをなしたという実感がない。

だからこそ、居住まいを正して朗清に拱手《きょうしゅ》を示した。

「お心を砕《くだ》いてくださったそのご慈愛《じあい》、感謝いたします。ですが、お申し出を辞退させていただきたく存じます」

朗清は目を瞠《みは》ると片手を上げて拱手を解かせる。

「何故《なぜ》だ？　断る理由を聞かせてもらおう」

彩華は一度視線を下げると、己《おのれ》の胸中を整理する。

一番に思い浮かんだのは、初めて目の当《ま》たりにした権力闘争《とうそう》に対して、いかに自分が無関心だったかという衝撃《しょうげき》だった。

「私は珍獣の価値を知らず、民が何を思い、不安に晒《さら》され、救いを見出《みいだ》すかも知りませんでした。珍獣を管理するという与えられた役目さえ、満足にこなせていなかったとわかりました」

何故朗清と安世が瑞獣に強く反応したかなど、民衆の反応を見るまで考えもしなかった。

それほどの影響《えいきょう》力を持つ存在だと知りもせずに、ただ育てていただけ。

「瑞獣を管理するからには、今までのように漫然《まんぜん》と飼育するだけではいけないのだと思います。その……、どうすべきかは、まだ答えが出せていないのですが。私は、宗室に連なる者として視野が狭《せま》かったのです。それなのに、過分な褒賞などいただけません」

彩華は自省と共に、朗清に頭を下げた。

公主として認められたいと思いながら、役目を十全には果たしていなかったのだ。

このまま朗清の感謝に甘えたくはない。

ここで甘えてしまえば、朗清と側《そば》で語り合いたいと願うことさえ分不相応な人間になってしまいそうだと思えた。

「国の安寧《あんねい》を保つという宗室の義務とも言うべき事柄《ことがら》に無関心であった私が、償《つぐな》いもせずに賞されるわけにはまいりません」

一度役に立ったからと言って、過去の不甲斐《ふがい》なさが払拭《ふっしょく》できるわけでもない。罰《ばつ》を受けこそすれ、功を賞されるべきではないのだ。

「顔を上げてくれ。過去を責めるつもりはない。褒賞は今の彩華に対してだ。そこまで気負わなくていい」

「いいえ、私が朗清さまに甘えてしまうのが恥ずかしいのです。情けないのです。そう仰《おっしゃ》るならせめて、もう一度これからの頑張《がんば》りで少しでも朗清さまのお役に立ててから……っ」

言い募《つの》り辞退しようとする彩華に、朗清はふと笑った。

「珍獣のことについては自信が有り余っていると思っていたが、どうしてそんなに謙遜《けんそん》をする？　先日の件で、十分役に立ったではないか。瑞獣だけではなく、珍獣全《すべ》てが」

「はい、もちろん珍獣たちは朗清さまのお力となれるでしょう。お命じくだされば、どの子でも朗清さまの下《もと》へと引き渡《わた》す所存です」

悲壮《ひそう》な表情で覚悟《かくご》を決めて告げる彩華に、朗清も眉《まゆ》を顰《ひそ》めた。

「いや、そうじゃない。……言っただろう？　瑞獣を手元に置いても、早死にさせては意味がない。俺は珍獣たちに無理をさせるつもりはないのだ」

珍獣の引き渡しを断られ、彩華は覚悟を決めて言った分だけ落ち込んだ。彩華が役立てることは、占有《せんゆう》してしまっていた珍獣を皇帝《こうてい》に正しく返すことだと思ったのだが。

俯《うつむ》いてしまった彩華の不安を読み取った朗清は、一度目を閉じて逡巡《しゅんじゅん》した。

「……例えば、そうだな。俺は馬を水辺に連れて行くことはできても、水を飲むよう強制することはできない。それと同じように、珍獣を手に入れたところで俺では扱《あつか》えない。何より、珍獣が彩華を慕《した》う心は強制できないんだ。あの庭園に通うことで、それがよくわかった」

朗清の言葉で可能性を見出した彩華は勢い込んで顔を上げる。

「では、朗清さまに従うよう躾《しつ》け直しを――っ」

すぐさま、朗清は片手を上げて彩華の言葉を遮《さえぎ》った。

「そこじゃなくて、だな……。なんと言えばいいのか。彩華、どうして自らの功を認めない？」

「私に功など、ございません。珍獣たちは元より朗清さまのものなのですから」

「それではあまりにも、自己評価が低すぎないか？　あの時は凜々《りり》しく珍獣に指示を出していただろう。あれは彩華の技量あってこそだ」

言い聞かせるように見つめる朗清に対して、必死だっただけの彩華はいまいち頷けない。

珍獣についての功だと言われても、彩華が知るのは春霞宮という狭い世界でしかなく、国を救おうという志を持つ朗清に評価されるほど何かを成したとは思えないのだ。

「もしも……彩華が離宮にいなかったとして、珍獣たちは今日まで無事だったと思うか？」

朗清が方向性を変えるように問う。

母が死んでから今日まで、公主としての禄あってこその生活だった。

労働という点においても老人たちは歳《とし》で、年を追うごとに珍獣の世話に占《し》める彩華の割合は増えていっていたのだ。

彩華が春霞宮に留《とど》まらなければ、もっと早くに珍獣の飼育は行き詰《づ》まっていただろう。

沈黙《ちんもく》が答えであり、朗清は優《やさ》しく笑う。

「珍獣たちが今日まで健《すこ》やかにすごせたのは、彩華のお蔭《かげ》だ。珍獣たちを守り育てた己を誇《ほこ》っていい。何もしていないなどと言うな。今日まで珍獣たちと共にすごした彩華の日々は、そなたの努力の賜物《たまもの》だ。だからこそ、珍獣は彩華に任せるべきだと俺は思っている」

「朗清さま…………」

投げかけられた言葉に、彩華は目頭《めがしら》が熱くなった。

少しでも、公主として春霞宮と珍獣を任せられた役目を、果たせたと思える肯定《こうてい》の言葉に、彩華の胸は震《ふる》える。

彩華の張り詰《つ》めた空気がなくなったことで、朗清は安堵《あんど》の息と共に指を一本立ててみせた。

「それからもう一つ、功になる予定があると言ったら、少しは己を肯定できるか？」

今度は彩華が埒外《らちがい》な朗清の言葉に目を瞠った。

珍獣以外に関《かか》わって生きていない彩華に、他《ほか》の功など考えつきもしない。

「まだ本決まりではないが……。他言無用で頼《たの》む」

言って、朗清は一度周囲を確認《かくにん》した。

後宮には元から朗清以外住む者はおらず、後宮に仕える宦官《かんがん》などは朗清と彩華の会話が聞こえない場所で待機している。

それでも朗清は声を潜《ひそ》めて言った。

「俺は、地方を害する異民族を排除《はいじょ》することばかり考えていた。だが彩華の助言を受けて、先帝が集めた美術品を金に換《か》え、金銭で異民族と講和することを決めた。今はそのために美術品を扱う商人と値段交渉《こうしょう》をしようとしているんだが、如何《いかん》せん俺の周りにその手のことに詳《くわ》しい者がいなくてな、商人に足元を見られて――。いや、今のは愚痴《ぐち》だ。忘れてくれ」

眉間《みけん》に皺《しわ》を寄せた朗清に、彩華は戸惑《とまど》いながら首を横に振《ふ》った。朗清に合わせて、自然と声は囁《ささや》くようになり、知らず互《たが》いに顔を寄せ合う。

「私は何も。朗清さまがお考えになって、決定なさったこと。私の功などではございません」

「……彩華の言葉で争わない道を考えられた。調和を目指せば共に生きる道があると、珍獣《ちんじゅう》たちをもって示してくれたからこそだ。――改めて、礼のための褒賞《ほうしょう》を受け入れてほしい」

朗清と間近で見つめ合い真摯《しんし》に申し入れられるが、彩華の迷いは晴れない。

彩華が困る様子を見下ろし、朗清は視線を彷徨《さまよ》わせた末、白状するように重い声で呟《つぶや》いた。

「…………俺の、罪滅《つみほろ》ぼしもあるんだ」

「罪滅ぼし、ですか？　いったい誰《だれ》に対する罪なのでしょう？」

自分ではないことを前提に聞く彩華に、朗清は肩《かた》を落とした。

「最初に、顔を合わせた日、後宮入りなどという無礼を命じただろう？」

「無礼だなど……。私のほうこそお断りするという無礼をいたしました。朗清さまは私を罪に問うこともなく恩情をかけてくださっています。なんの罪があるというのでしょう？」

罪滅ぼしの必要はないと言えば、朗清は余計にばつが悪そうな顔で黙《だま》る。彩華は慌《あわ》てて罪の所在を語る。

「本当に朗清さまがお気になさる必要はないのです。私など葉氏の公主として、己の不甲斐なさを恥《は》じ入るばかりで。後宮に入れば、私でも、国の安寧のために役立つこともできたのではないかと、後から考える始末で……」

瑞獣が朗清の手にあるということで民《たみ》が安心を得られるなら、彩華も国を安んじる一助になったのではないかと今なら思う。

「何より珍獣は皇帝のものにございます。私が手元に囲って守ろうという考え自体が間違《まちが》っていたのです。朗清さまがお求めになったならば、持てる力を尽《つく》してお応《こた》えせねばならないはずでした」

考えなしに後宮入りを断ったと彩華が言い募るほど、朗清は呻《うめ》き声を上げた。

「……これが良心の呵責《かしゃく》というものか…………いや、好機と見ていいのか？　仕切り直すのも一つの手だろうか？」

「あの、朗清さま？」

苦しげな声を漏《も》らしながら俯く朗清に、彩華は窺《うかが》って顔を近づける。

すると朗清は意を決した様子で、彩華との顔の近さも気にせず口を開いた。

「実は国のためというより、あの後宮入りの提案は自分のためだったのだ」

思わぬ言葉と近すぎる顔の距離《きょり》に、彩華は内心大慌《おおあわ》てに陥《おちい》るが、朗清は気づかず続ける。

「故国啓から強く婚姻《こんいん》を迫《せま》られ、焦《あせ》った。元主家からの申し出を断れず、彩華の思いを蔑《ないがし》ろにして利用しようとした。……すまない。他人の目があって、頭を下げることは、できないが」

声は聞こえずとも、見える範囲《はんい》に宦官がいる。渋《しぶ》い顔で謝罪する朗清に、彩華は初めて会った時のことを思い出す。

「故国からの申し入れに苦慮《くりょ》なさっていると安世どのが仰っていたのは、啓からの婚姻についてだったのですね……」

彩華の後宮入りで解決できると安世は言ったが、それだけで朗清は動かなかった。

安世が都の安寧《あんねい》のためと言って、ようやく動いたのを、彩華は覚えている。

ふと、思いついた疑問が、彩華の口から零《こぼ》れ落ちた。

「朗清さまは……ご結婚が、お嫌《いや》なのですか？」

「帝位に登ったからには、義務ではあると思う。ただ、相手は知った姫《ひめ》で、白くて柔《やわ》らかくて、なんと言うか、弱々しすぎて不安しかない。話も合わなかった覚えがあるな。俺は不調法で詩や楽器はてんで駄目《だめ》なのだが、姫はその手の教養がご自慢《じまん》だった」

「……つまり、お好みではないと？」

彩華は思わず前のめりになって確認する。

白くて柔らかいことの何が悪いのかわからないが、話の合わない啓の姫を迎《むか》える不安が朗清に二の足を踏《ふ》ませていたらしい。

今ある婚姻の話に朗清が乗り気ではないとは言え、士倫が言った故国に想《おも》い人がという話が否定されたわけではない。だからこそ、彩華は朗清の好みが気になった。

ただ、何故《なぜ》気になっているかという点にまでは考えが至らないまま。

「いや、それは……、その。美人であることはわかっているんだが、どうも………。俺が行くのは苦難の道だ。共に歩むなら、強さが欲しい。いや、うむ、女性に求めることではないのかもしれないが――」

何やら言い訳のように呟く朗清だったが、彩華は朗清が女性に求める資質を繰《く》り返した。

「強さ……」

呟いて、彩華は自身の体を確かめる。

「あぁ……、彩華は、強さを持っていると、思うぞ？」

「はい。毎日、飼料を運ぶため、体は強いほうだと思っております」

希望を垣間見《かいまみ》たように彩華が頰《ほお》を上気させると、朗清は明後日《あさって》の方向を向いて、脈なしと呟く。

安世並みの強さを求めているなら、と不安に襲《おそ》われ彩華は聞いていなかった。

さらに、強さがなければどうだと言うのかと、自身の胸の内に疑問を呈《てい》すに至り忙《いそが》しい。

混乱しそうになる彩華は、首筋に髪《かみ》が擦《こす》れる感触《かんしょく》に力が抜《ぬ》け、答えを導き出した。

「強さがなければ、お役に立てないもの……、うん」

言い訳のような呟きをやめ、乾《かわ》いた咳払《せきばら》いをした朗清は、気を取り直すように声をかける。

「……話が逸《そ》れた。――それで、褒賞を受けてはくれないか？　本当は皇帝《こうてい》の命を救ったとなれば、式典でも催《もよお》して讃《たた》えなければならないんだが、体面のために別の理由をつけての褒賞になってしまってすまない」

言われて、彩華は民衆に囲まれての喝采《かっさい》を思い出す。

またあれをするのかと思えば、掌《てのひら》に嫌な汗《あせ》が滲《にじ》んだ。

「い、いえ……、そこまで朗清さまが仰《おっしゃ》ってくださるなら。珍獣たちの健康のためを思えば、私の拘《こだわ》りは横へ置くべきでしょう」

「そうか、良かった。だが、本当に彩華には感謝をしているんだ。それは、覚えておいてくれ」

安堵と共に微笑《ほほえ》む朗清に、彩華は胸に湧《わ》く喜びが自らを奮い立たせるように感じた。

「そこまで私一人を思ってくださる情の深い朗清さまなら、きっと国を安寧に導いてくださるでしょう。私は、そんな朗清さまに感謝される己《おのれ》が恥ずかしくないよう、精進《しょうじん》いたします」

「……彩華は、不思議だな…………」

朗清は何かを確かめるように彩華を見ていた。

「朗清さま？　どうなさいました？」

間近に見つめ合う距離が、二人だけで話しているという特別な印象を彩華に与《あた》える。

こうして朗清と話していられる時間が長く続けばいいと、埒《らち》もないことを考えてしまった。

「……世界は天地人で構成されるという。天があり地があるここで、人として俺の誓《ちか》いの証人になってくれないか？　嘘偽《うそいつわ》りのない彩華にしか頼めない」

功や褒賞に続く申し入れに、彩華は意図がわからないながらに頷《うなず》いた。埒もないことを考えた恥ずかしさも手伝って、何度も小刻みに頷く。

途端《とたん》に朗清に手を握《にぎ》られ、変な声が出そうになるのを必死に唇《くちびる》を引き結んで耐《た》えた。

「俺が皇帝になったことを天命だと言う者がいる。だが俺は、己の心のままに進み、成り行きで皇帝になってしまった。そのために皇帝として国を負うには準備が足りず、力不足で宮城一つ思うとおりに動かせていない」

朗清が口にしたのは、皇帝という絶対的な地位故《ゆえ》に、他言できない悔恨《かいこん》の言葉。

間近に覗《のぞ》く朗清の瞳《ひとみ》には、後悔と共に先を見据《みす》える情熱が宿っていた。

胸の内を吐露《とろ》して下を向いていた朗清の目が、瞬《まばた》きと共に彩華を正面から捉《とら》える。

瞬間《しゅんかん》、彩華はその瞳に宿る情熱が燃え移ったかのような高ぶりを覚えた。

「今は瑞獣《ずいじゅう》の守護という噂《うわさ》を利用させてもらうが、必ずいずれ自ら瑞獣を招き寄せるような皇帝になることを、天と地、そして彩華に誓おう。いつでも、彩華の思うところを俺に聞かせてくれ。それが何げない日常の悲喜でも、耳に痛い諫言《かんげん》でも、俺は彩華の言葉を一人の人間として聞くつもりだ」

朗清の言葉は、彩華を嘘偽りのない人物だと信頼《しんらい》するからこそ。

余人を排《はい》した今この場所であるために、朗清が口にできた二人だけの誓い。

彩華は応えたい一心で、朗清に手を重ねた。

朗清も皇帝として、人間として手探《てさぐ》りのまま今を懸命《けんめい》に歩いている。

ただ、見据える先があるのが、彩華との違《ちが》いだ。

彩華は自分には足りないものを見た気がして、胸が熱くなった。

「朗清さまの誓願《せいがん》が叶《かな》いますことを、心より願っております。未熟な私ではございますが、叶うなら、その日を共に迎えられますよう」

決して大きくはないが、下を流れる水の音に飲まれない彩華の声は、確かに朗清に届く。目を瞠《みは》った朗清は悩《なや》むように一度、彩華から目を逸らした。ふと、彩華の髪に目を留める。

「丹桂《たんけい》の花が、髪についているぞ。取るから少し動くな」

言うと髪に触《ふ》れた朗清は、彩華についていた小さな花を眼前に差し出す。

指の腹に乗るほど小さな花を、剣《けん》を握って固くなった朗清の指が摘《つ》まむさまに、彩華は微笑ましさを覚えた。

「まぁ、ありがとうございます」

花から朗清へと改めて目を向けた彩華は、不意に顔の近さを思い出して固まる。

肌《はだ》に感じるほど朗清に見られているという気恥《きは》ずかしさに、彩華が俯《うつむ》こうとすると、朗清は丹桂の花を落として彩華の顎《あご》に指を添《そ》える。

「ろ、朗清さま……？　あの…………」

「俺に触れられることが、嫌ではないか？」

「いえ、そのような、ことは……」

心なしか近づいている朗清の顔に、彩華が慌《あわ》て始めると、不意に首元の髪が大きく動いた。

朗清も気づいて動きを止めれば、彩華の首元から二対の双眸《そうぼう》が朗清の眼前へと現れる。

「そ、双皙。駄目ですよ、出てきては……っ」

「双、皙……？　何故？」

「す、すみません。その、心細くて、つい………」

つい連れてきてしまったと言う彩華に、朗清は瞬きを繰り返す。

彩華も初めての場所が心細くてという自身の言い訳に、幼子のようだと恥ずかしくなり、頬に熱が集まった。

その間に、双皙の頭の一つが、彩華の顎に添えられた朗清の指に赤い舌を閃《ひらめ》かせる。

咎《とが》められたように朗清が指を放せば、今度はもう一方が彩華と合わせた手に頭を向けた。

両手を胸の前に上げる朗清に、彩華は慌てて双皙の二つの頭を押さえる。

「いけません。隠《かく》れていてと言ったではありませんか」

見えないよう首元に戻《もど》そうとするが、双皙は彩華の手に頭を擦《こす》りつけ懐《なつ》いてくる。

「も、もう……。ここは水辺ですから寒いでしょう？　あ、いけませんと言うのに」

遊ぶように手に纏《まと》わりついてくる双皙の愛らしさに、彩華は本気で怒《おこ》れずつい口元も緩《ゆる》んでしまう。

「……ふ、ふふ」

朗清が口元を押さえて笑う姿に、彩華は場所を思い出し、慌てて双皙を袖《そで》の中に手ごと隠した。

春霞宮でのように、珍獣《ちんじゅう》と戯《たわむ》れていていい場所ではない上に、無断で連れ込んだのだ。

怒られてもしょうがないと、上目に朗清を窺《うかが》えば、慈《いっく》しむような笑《え》みを向けられていた。

「ふふ、やはり俺は、そうして珍獣を慈しむ、彩華の笑顔が好きなようだ」

瞬間、彩華の顔は熱せられたように赤くなった。

眩暈《めまい》がするような熱と、耳にした言葉の意味に混乱する頭を持て余し、彩華は答えられもせず、袖から不服そうに見上げてくる双皙の二対の瞳を見下ろす。

紅葉した葉のように火照《ほて》る彩華の頬を、桂花の香《かお》る風が撫《な》ぜるように吹《ふ》き抜けていった。

あとがき

初めての方も、そうでない方も、お手に取っていただきありがとうございます。九江桜《ここのえさくら》です。

今回は中華《ちゅうか》もの。と同時に、動物ものです。

書いていて大変だったのは、出てくる動物を全《すべ》て漢字表記にしたことでした。日本語での表記もあれば、中国語での表記もあります。また、古い時代の呼ばれ方で書いている動物もいますが、全部実在する、実在の可能性がある動物となっております。

さて、皆《みな》さんは古代中国と聞いて何を思い出すでしょう？

私は中学の頃《ころ》、『南総里見八犬伝《なんそうさとみはっけんでん》』を読んだことから、影響《えいきょう》を与《あた》えたという『水滸伝《すいこでん》』に手を出したことがあります。そのまま隣《となり》に並んだ『封神演義《ほうしんえんぎ》』を読みまして、『西遊記《さいゆうき》』にも手を出しました。が、絵本のイメージで読みだしてしまったために途中《とちゅう》で挫折《ざせつ》。思ったよりずっと長くて格調高かったです。

その後、『封神演義』を読んだことがあるという話から、友人にハードカバーの『太公望《たいこうぼう》』（宮城谷昌光《みやぎたにまさみつ》）と某無双《ぼうむそう》ゲームを渡《わた》された時は、まさか歴史小説に嵌《はま》るとは思っていませんでした。

こうして並べると、もっと別の小説を読むべきだったと自覚します。『金瓶梅《きんぺいばい》』とか『紅楼《こうろう》夢《む》』とか、せめて恋愛《れんあい》が主軸《しゅじく》になるものを。もちろん読書に遅《おそ》いということはないので、今からでも近所の図書館にあったら読んでみようと思っています。

今回イラストを担当していただきました、ゆき哉《かな》先生。キャラクターの姿を豊かに描《えが》いていただき、本当にありがとうございます。動物も可愛《かわい》く、特徴《とくちょう》がわかりやすく描かれており、動物園に行きたい気持ちになりました。

担当女史には、毎度タイトルをお任せしてしまって申し訳ありません。私のネーミングセンスのなさが悔《く》やまれますが、可愛いタイトルをつけていただきありがとうございました。

この場をお借りして、刊行に尽力《じんりょく》くださった皆さまにもお礼を申し上げます。

改めて、お手に取っていただきありがとうございます。

寒い季節です。温かい汁物《しるもの》の美味《おい》しい季節でもあります。本を片手に寝正月《ねしょうがつ》でもいいじゃない。体重計はそっと仕舞《しま》って。

こんな標語で冬を過ごしてはどうでしょう？

それではまた、お会いできることを祈《いの》って。

九江　桜

「春霞瑞獣伝 後宮にもふもふは必要ですか？」の感想をお寄せください。
おたよりのあて先
〒102-8078 東京都千代田区富士見1-8-19
株式会社KADOKAWA 角川ビーンズ文庫編集部気付
「九江 桜」先生・「ゆき哉」先生
また、編集部へのご意見ご希望は、同じ住所で「ビーンズ文庫編集部」までお寄せください。

春霞瑞獣伝《しゅんかずいじゅうでん》 後宮《こうきゅう》にもふもふは必要《ひつよう》ですか？

九江《ここのえ》 桜《さくら》

角川ビーンズ文庫 BB122-6 21390

平成31年1月1日 初版発行

発行者――三坂泰二
発 行――株式会社KADOKAWA
〒102-8177 東京都千代田区富士見2-13-3
電話 0570-002-301（ナビダイヤル）
印刷所――旭印刷 製本所――BBC
装幀者――micro fish

KADOKAWA カスタマーサポート
［電話］0570-002-301（土日祝日を除く11時～13時、14時～17時）
［WEB］https://www.kadokawa.co.jp/（「お問い合わせ」へお進みください）
※製造不良品につきましては上記窓口にて承ります。
※記述・収録内容を超えるご質問にはお答えできない場合があります。
※サポートは日本国内に限らせていただきます。

ISBN978-4-04-107797-9C0193 定価はカバーに表示してあります。